내일 일은 여전히
잘 모르겠지만

내일 일은 여전히
잘 모르겠지만

윤용인 지음

위즈덤하우스

일간지, 잡지, 사보 등 다양한 곳에 꽤 많은 칼럼을 연재했다. 역술인들이 한결같이 말하는, "재운은 없는데 관운은 좋다"는 것에 대해 나름 근거 있는 소리라고 생각하는 것은, 내 능력에 비해 근 10년 넘게 여러 곳에서 글 청탁이 끊이지 않고 들어왔기 때문이다.

특히 한 대형 서점 온라인 사이트에서 멍석을 깔아준 책 칼럼은 내가 꼭 해보고 싶었던 주제였다. 칼럼 제목은 「노안 이후 비로소 보이는 문장」이었다. 줄여서 '노비문장'. 나이가 들면서 더 오래 시선이 머물게 되는 문장을 통해, '나는 어떻게 늙을 것인가'를 사유하고 싶었다. 이십 대 못지않게 스마트폰과 인터넷을 잘 다루고 더 팔팔한 정치사회적 지능과 활동력을 가지고 있으면서도 저무는 세대로 분류되는 이 시대의 희한한 어른들을 위한 공감적 사유물을 만들고 싶었다.

무엇보다 집필의 시기는 나에게 혼돈의 시기였다. 환경이 변하고, 가족이 변하고, 더 이상 청춘이 아닌 내 몸이 변했다. 그 변화 앞에서 마음은 속도를 따라가지 못했다. 하루에도 열두 번, 잘 살고 있는지를 자문했다. 억울함과 서운함, 분노와 자책감 등이 밀려왔으나 무엇을 해야 하는지 몰랐다. 고립무원孤立無援의 상태에서, 책과 문장이 나의 구원이었다.

2주에 한 번씩 돌아오는 마감이었지만, '선정한 책을 다 읽기 전에는 절대 칼럼을 쓰지 않겠다'는 나의 다짐으로 인해, 가뜩이나 느리게, 여러 권을 동시에 읽는 사람으로서 제한된 기간 안에 책을 고르고, 읽는 것이 글을 쓰는 것보다 더 버거웠다. 그러나 '갑'과 치르는 가부키 연극 같은 하루의 회사 업무를 마감하고 칼럼으로 쓸 책을 읽기 위해 총총 집으로 돌아가는 발걸음은 경쾌하고 설렜다.

평론가 김현은 『행복한 책 읽기』에서 "가능성 있는 글을 읽는 밤은 즐겁고, 즐겁다."고 말했으나, 나는 적막한 밤에 유혹의 책 속으로 자청한 유배를 떠나는 그 시간이 너무나 행복하고, 행복했다. 책 속의 문장과 나의 삶을 교차해보는 묵상의 시간은 신성했고, 충만했다. 늙어 죽기 딱 일주일 전까지, 책을 들 수 있을 정도의 힘과 책을 볼 수 있을 정도의 시력과 책을 읽으며 두근거릴 수 있는 감성만 가질 수 있으면 소원이 없겠노라 생각했다.

칼럼은 15개월 동안 이어졌다. 당초 1년 기한이었으나, 독자 반응이 좋다는 이유로 몇 개월을 연장했다. 그 칼럼들을 단행본에 걸맞게 손질하고, 더 많은 글들을 새롭게 추가해서 또 한 권의 책을 여기 세상에 내놓는다. 내가 읽은 책 속에서 가지고 온 인상적인 문장들과 함께, 우아하게 늙어가는 것에 대해 생각해보는 시간을 독자와 함께 갖고 싶다.

어느 시간, 고립과 혼돈에 빠진 당신에게 이 책이 위로와 용기의 문장 치유서가 될 수 있기를 바라면서.

또한 내 글의 영감이며 응원단장, 빛나고 큰 당신에게 이 책을 바치면서.

2019년 1월
일산

차례

1장

태도

그렇게 안 하고

싶습니다

'감성이 죽었을 때, 인간은 늙은 것이라고' 나는 늘 주문처럼 중얼거린다. 사람에 대해, 시대에 대해, 늘 그때그때 아파할 수 있는 것, 그리고 그 대가로 새로움 앞에서 또다시 설렐 수 있는 것. 나는 이것이 정녕 살아 있는 것들의 특권이라고 확신한다.

유머보다는 공간

"생각보다 훨씬 진지하시네요."

방송국 PD, 잡지사 기자, 내 책의 독자들은 인터뷰나 미팅의 마무리에서 작별 인사처럼 종종 내게 이렇게 말한다. 1990년대 말 '패러디' 또는 '엽기'라는 단어를 유행시키며 큰 이슈와 함께 등장했던 인터넷 매체 출신이라는 것과 글에 묻어나는 웃음기가 그들에게 어떤 선입견을 만들어낸 것 같다. 말끝마다 비속어를 붙인다거나 눈치 보지 않고 하고 싶은 말은 거침없이 다 할 것만 같은 사람.

나는 딱히 다른 대답을 준비하지 못한 채 헤어지고는 했는데 나이가 들면서 부쩍 그런 말을 자주 듣게 되니 '내가 너무 건조하고 딱딱하게 늙어가는 것은 아닌가 하는 걱정이 슬그머니 생기기도 한다.

책이나 매스컴 등에서도 잘 늙는 법을 이야기할 때 빠짐없이 등장하는 것이 유머 감각이다. 적절한 유머 한마디는 자신의 주가를 높일 뿐 아니라 나이 든 이의 품격을 올려주는 성공한 인생의 필수 아이템이라고 말한다. 모범적인 예제로 버락 오바마, 로널드 레이건, 윈스턴 처칠 등 유명 인사의 유머 구사 사례가 주로 등장한다. 고故 노회찬 의원의 투신에 대해 수많은 사람들이 안타까워하고 그와의 이별을 힘겨워할 때도, 망자에 대한 회환 속에서 빠지지 않고 등장한 것이 노회찬 의원의 촌철살인 비유 화법과 여유 있는 유머 감각이었다.

그러나 홍시가 맛있다고 하면 홍시를 먹으면 그만이지만 늙을수록 유머 감각이 있어야 한다고 해서 하루아침 아니, 1년이 걸린다고 해도 그 재능을 아무나 장착할 수 있는 것은 아니다.

일례로, 유머에 대한 고민을 하던 즈음 강연 중간중간에 몇 개의 준비된 유머를 야심차게 던졌음에도 객석이 고요한 명상 공간으로 변한 후, 하는 일마다 잘 풀리지 않는 막내 삼촌을 보는 눈빛으로 사람들이 나를 바라볼 때 나는 좌절했다. 강연 후, 휴대전화 연락처의 이름을 주르륵 훑으며, 족히 수백 명은

넘을 사람들 중 과연 '유머 있는 사람'이라고 할 수 있는 자는 누구인가'를 검토까지 했다. 서민 교수나 성석제 소설가처럼 재미있는 글을 쓰는 사람 말고 이홍렬 씨나 남희석 씨처럼 전문적인 코미디언 출신 말고 민간인 중에 세속의 기준에서 유머 있는 사람들을 골라내기 시작한 것이다.

16배속으로 돌리는 엔딩 크레딧처럼 액정 속 이름은 빠르게 올라갔고, 유일하게 딱 한 명에게서 멈추었다. 그 사람은 태생적으로 잘 웃고 심각하지 않고 열등감이라고는 전혀 없어 보이며 지루하지 않은 화법을 구사하는 인물이었다. 덕분에 그는 지금은 공인이 돼서 만인의 인기를 얻고 있다. 어쨌든 한 명이었다. 그만큼 희소했다. 그렇다면 나이 든 사람이 생활 속에서 수준 높은 유머를 활용하며 사회적 인간으로 살아간다는 것은 '할 수 있는데 안 하는 것'이 아니라 '할 수 있는 사람만이 할 수 있는 재능'이라는 결론에 도달하게 되었다.

다시 말하지만 유머, 중요하다. 빅터 프랭클은『죽음의 수용소에서』에서 유머를 생존에 필수적인 요소라고까지 말했다.

유머는 자기 보존을 위한 투쟁에 필요한 또 다른 무기였다. 이미 잘 알려진 대로 유머는 그 어떤 상황에서도 그것을 딛

『죽음의 수용소에서』는 정신과 의사이자 유대인이었던 빅터 프랭클이 제2차 세계대전 당시 3년 동안 아우슈비츠의 수감 생활을 직접 경험하면서 수감자의 심리를 기록한 책이다. 언제 죽어도 이상하지 않고, 실제로 언제든 죽어 나가는 지옥의 현장에서 분석자와 기록자로 남으려 했던 빅터 프랭클의 경이로운 직업병은 '로고테라피'라는 새로운 학파를 낳았고 이토록 값진 책을 후손에게 남겼다.

빅터 프랭클은 수감자 스스로 정신적 독립과 영적인 자유를 선택하려는 의지가 생生과 사死를 결정한다고 주장한다.

이것은 대량 학살이 자행되는 수용소와 같은 시설에서 인간이 살아남을 수 있는 것은 인간의 의지 때문이라고 강조하는 테렌스 데 프레의 『생존자』와 흥미롭게 비교되는 지점이다. 『생존자』에서는, 죽지 않아야 이 만행을 반드시 폭로하고 증언할 수 있다는 의지가 스스로를 살리는 동인이라고 했다.

빅터 프랭클은 『죽음의 수용소에서』의 책 속에서 '인간이 살아남기 위해서는 유머가 필요하다'고 증언하면서 유머의 중요성을 강조했지만, 정작 내 스스로 나이 든 사람의 유머에 대한 강박을 내려놓을 수 있게 해준 것은 『너의 내면을 검색하라』에서 본 빅터 프랭클의 말이다.

"자극과 반응 사이에는 공간이 있다. 그 공간에는 자신의 반응을 선택할 수 있는 자유와 힘이 있다. 그리고 우리의 반응에 우리의 성장과 행복이 좌우된다."라는 말은 단박에 내 인생 최고의 치유적 문장이 되어버렸다.

살면서 우리는 원하든 원하지 않든 수많은 자극을 받는다. 아이는 속을 썩이고 차는 끼어들고 상사는 잔소리를 하며 애인은 배신하고 믿었던 사람은 사기를 치기도 한다. 이 모든 자극에 우리는 고함과 분노, 좌절의 한숨과 자기 비하의 신음, 자극을 준 사람에 대한 험담하기 등으로 반응한다. 그런데 그 중간에 공간이 있다고 한다.

한 템포를 죽이고 그 공간 속에서 호흡하고 자극에 대한 습관적 반응을 알아차리고 자기의 감정을 객관적으로 바라보는 것, 이것이 바로 '치유의 핵심'이며 '행복의 열쇠'라는 빅터 프랭클의 말! (더 쉽게 말한다면, 아이가 속을 썩였다고 치자. 이 자극에 대해 아이의 미래를 걱정하고, 부모의 역할을 고민하며, 수수방관하는 배우자를 탓하는 것은, 습관적이고 즉각적인 반응이다. 반면에, 아이가 속을 썼였을 때 불안감에 쌓인 내 자신을 관찰하거나, 들숨과 날숨으로 주의를 돌리거나, 이런 일이 있을 때마다 흥분하는 자신의 습관을 바라볼 수 있는 것이 자극과 반응 사이의 공간이다. 이 공간이 확보되어야 균형 잡힌 행동이 가능한 것이다.)

이것이었다. 유머보다 더 중요한 것은 어쩌면 공간을 가지고 있느냐 아니냐의 유무였다. 사람 사이에 판단이라는 것을 배치하지 않고 그 공간에는 공감을 둔 채 상대의 이야기를 잘 들어주는 사람, 꽃병처럼 차분하고 편안한 기운을 내뿜는 사람, 다른 사람에게까지 편안함을 감염시키는 사람, 은근한 미소가 자연스럽고 고운 사람, 욱하는 일이 왔을 때 자신의 피난처 공간을 확보하고 있는 사람, 그러면서도 가끔은 아주 가벼운 조크를 던질 수 있는 사람, 이 정도면 유머 있는 어른보다 더 근사하지 않은가?

비록 내 멋대로지만, 어른의 유머를 정리하고 나니 개운해졌다. 이제는 누군가 "생각보다 진지하시네요."라고 말해도 조급하거나 초조하지 않을 것 같다. 그런 말을 들었을 때, 나는 나의 반응을 관찰하고 있을 테니까.

어항, 동굴, 그리고 시

1.

사업하는 후배가 지나는 길이라며 사무실로 찾아왔다. 차 한
잔을 시켜놓고 물었다.

"잘 지내고 있지? 페이스북에서 근황 잘 보고 있다. 계약도
많이 따고 사무실 내부도 바꾸고 요즘 아주 전성기인 것 같던
데?"

후배는 말없이 웃었다.

인테리어 사업가답게 사무실 앞 골목길에 거대한 곰 인형을
설치하고 사무실을 다 뜯어고치면서 큰 어항을 들여놓은 사진
을 페이스북에서 본 것이 얼마 전이었다. 이름만 대면 알 만한
국내외 기업의 매장 계약을 따냈다는 소식 이후의 게시물이라

나는 후배의 건승을 의심치 않았다.

그러나 커피가 다 식을 무렵 그가 꺼낸 말은 의외였다. 그동안 쌓인 회사 부채가 너무 많아 사업 몇 개를 따도 빚만 더 늘어나고, 하도급 쪽에 줘야 할 공사 대금을 주지 못하니 빚 독촉은 말도 못하게 심해지고, 운전을 하다가 한강에 빠지고 싶은 적이 한두 번이 아니다. 아침이 오는 것이 무서워 밤을 꼬박 새우기도 한다. 그래도 용기를 내서 살아보려고 최근에 사무실 분위기를 바꿨다.

그러니까 후배는 끝도 보이지 않는 암울한 고통 속에서 제 손으로 사무실 환경을 바꾸고 어항을 설치하는 것으로 탈출의 해법을 찾으려 했던 것이다. 그것은 단순한 기분 전환을 넘어 침체된 삶의 의지를 되살리는 후배 방식의 생명굿이었고, 인정머리라고는 눈곱만큼도 없는 인생이란 놈에게 역으로 한 방을 먹이는 조롱의 의식이었을 것이다.

더불어 그런 상황이라면 나는 어떠했을까를 상상했다. 2003년에 사장이 되었고, 문화 콘텐츠 미디어, 여행사, 지금은 치유 교육 사업으로 회사의 업종이 바뀌는 동안 부침도 많았고 한숨도 많았다. 그래서 후배의 입장을 더 잘 이해할 수 있을 것 같았다. 나갈 돈은 쌓이는데 돈은 마르고 나아질 기미는 도저히 보이지 않으며 주변의 모든 것이 나를 잡아먹을 듯 몰려오는 상황. 후배의 말대로 활동하는 낮 시간은 그나마 괜찮은데 혼자 있는 밤과 새벽이 너무나 싫어서 기절이라도 하려고 소주를 마셨던 어떤 시기.

그럴 때는 사람들과 어울려 마시는 술도 답이 아니었던 것 같다. 사람들과 마주 앉아 시시덕거릴 힘도 없었고, 술도 맛있지 않았다. 누가 위로한다며 밥을 사준다고 해도 귀찮았고, 영화나 좋아하는 텔레비전 프로그램도 눈에 들어오지 않았다. 기도나 명상을 하기에는 생각이 너무 많았고 운동을 하는 것도 내키지 않았다. 그저 무기력증에 빠진 좀비처럼 휘적휘적 나만의 동굴로 들어가 숨어버리는 것, 그것이 내가 취한 유일한 지옥 탈출법이었다.

2.

선배가 책을 낼 거라며 출판 전에 원고를 좀 봐달라고 했다. 눈 밝은 후배가 꼭 봐줬으면 좋겠다는 말은 비록 빈말이라 해도 기분이 참 좋은 것이었으나, 책의 표지 설명을 읽고는 그다지 내키지 않았다. '치유 시詩 처방전'이라니. 치유를 공부하고 힐링 프로그램을 기획하는 사람으로서 시가 가진 치유적 힘과 그것의 활용 예를 숱하게 목격해왔고 경험했다. 당연히 시의 치유적 능력을 의심하지 않는다.

다만 내가 그러했듯, 이런저런 자기 고통에 빠져 있는 사람들이 시를 읽을 의욕과 에너지를 낼 수 있을까, 라는 의문을 지울 수가 없었다. 그래도 선배의 부탁이니 어찌하랴. 그러니까 그 책『내 마음이 지옥일 때』를 만났을 때는 내 상황이 앞서 이야기한 후배처럼 지옥에 빠져 있던 즈음이라, 옳거니, 내가 한번 실험 대상이 되어보자고 생각했다. 그리고 읽었다. 두 번. 한 번은 야금야금, 한 번은 아주 단숨에 훅.

16개의 지옥 상황이 등장하고, 각 지옥 상황의 본질을 통찰하는 작가의 소견서가 처음을 채우며 그 상황을 헤쳐 나올 수 있는 82개의 시가 처방되고, 그 시에 대한 짧은 처방전으로 마무리를 하는 형식이다. 심리기획자 이명수가 글 수레를 끌고 심리치유자 정혜신이 뒤에서 밀었다. '혜신명수'가 그들이 좋아하는 마르셀 프루스트의 시 구절처럼 한 사람은 밀어붙이고 한 사람은 퍼부은 결과물이다.

처음 야금야금은 시 읽는 맛 때문이었다.

누군가를 죽이고 싶을 만큼 증오심이 생길 때, 뒤통수 맞았다고 느꼈을 때, 사랑하는 이와 벼랑 같은 이별을 해야 할 때, 내 존재 자체가 부정당할 때, 버선목처럼 속을 뒤집어 보이고 싶을 만큼 억울할 때, 작가는 과연 어떤 시를 처방했을까. 또한 그 처방전에는 이 시를 처방 시詩로 고른 이유를 어떻게 설명하고 있을까. 이것이 책의 첫 장을 넘기기 전에 생긴 2개의 궁금함이었다.

시는 읽는 사람마다 감상이 다르고 느낌이 다르고 그 다름으로 인해 시가 저마다의 무의식과 공명하며 놀라운 마술적 치유력을 발휘하듯이, 이명수 작가와 나는 같은 시를 사이에 두고 밤마다 대치했다. 내 방식대로 시의 처방전을 책의 공란에 써보고, 이후 작가의 처방전과 비교해보는 것은 나와 작가가 같은 시를 마주하고 그 야금야금한 밤에 살금살금한 교합을 치르는 행위였다. 책을 읽는 속도는 더뎠지만 그 몰입 속에서 최소한 그 밤은 내 마음이 지옥은 아니었다.

PDF 파일이 아닌 정식으로 출간된 책을 손에 들고 한 번 더 『내 마음이 지옥일 때』를 읽을 때는 시가 아닌 다른 부분에서 멈칫거렸다. 16개의 지옥 상황에 대한 작가의 소견서. 그는 일상의 지옥을 잘 헤쳐 나갈 강력한 팁으로, 여기가 어딘지, 내가

왜 여기 있게 됐는지를 아는 것이라 말했는데, 그 알아차림을
상기시키는 작가의 칼은 에두르지 않고 지옥의 중심을 정확히
찌르고 후벼 판다.

여기에는 최근 몇 년 동안 '힐링'이라는 이름으로 훈계하고
'긍정'이라는 달콤한 솜사탕으로 어르고 달래는 뻔한 수작질
이 없어서 좋다. 가부키 연극만 주야장천 보다가 민낯의 배우
를 만난 기분이다. 상대가 이해가 안 되는 짓을 했으면 왜 그랬
는지 직접 물어보라고 하고 그러지 못할 거라면 입을 다물라고
하는 식이다. 그것이 어떤 일이든 누군가에게 무릎을 꿇고 있
다면 당장 그 일을 그만두라고 감히, 그러니까 감히, 단호하게
제 할 말을 해버린다.

> 잘 모르면 멈칫해야 한다. 정확하게 모르면 침묵해야 한다.
> 그럴 줄 몰랐다고 혀부터 차는 일은 게으르고 잔인하다. '그
> 럴 줄 몰랐다' 말하기 전에 물어라. 단지 묻는 것만으로 양
> 방향 지옥문이 사라진다는데 그러지 못할 이유가 뭔가. 다
> 이소 매장의 물건처럼 사소하지만 긴요한 지옥 방지 팁이다.
> — 이명수, 『내 마음이 지옥일 때』

그 소견에 모두 동의하지 않더라도, '감히' 자기 처방을 하는 이에게 감염되는 카타르시스와 후련함, 정작 지옥에 빠진 사람들이 같은 기분을 느낄 수 있다면 그 자체가 어쩌면 감정선을 꿈틀하게 자극시키는 생명적 치유력이겠다는 생각도 한다.

3.

여전히 나는 내 마음과 몸이 지옥에 빠졌을 때 책을 읽거나 시를 읽을 힘이 있을지는 잘 모르겠다. 다만 이 책을 통해 생각이 바뀐 것이 있다면, 지옥 속에서 시는 '읽는 것이 아니라 먹는 것'이라는 관점의 전환. 시는 위장을 채우는 따뜻한 밥처럼 정신의 허기를 채워주는 치유의 밥이겠다는 생각. 그러므로 마음이 지옥일 때 이 책을 읽은 실험자로서 결론을 내린다면, '시詩가 마음 지옥을 빠져나올 수 있는 가장 적합한 도구'라는 작가의 주장은, 옳았다. 최소한 이 시를 먹어대던 그 밤과 새벽 동안에는.

그러고 보니, 나는 문득 퇴근길 어느 전철 안에서, 하루의 고단함을 잔뜩 머금은 한 나이 든 남자가 시집을 펼쳐들고 독서

하는 모습을 보게 된다면, 내 눈에 그가 얼마나 근사하고 멋있을지를 생각하기도 한 듯하다. 그래, 시집이란 어쩌면 낡았지만 멋스럽고 오래된 바바리코트처럼 나이 든 사람에게 꽤 잘 어울리는 짝일 수도 있겠다는 생각을 그때 했다.

위로 볼 때, 좋은 위로

이기주의 『언어의 온도』 속 300개가 넘는 에피소드는 짧았고 읽히는 속도는 빨랐으나, 아기의 겨드랑이에 넣었다가 빼낸 체온계처럼 문장은 따뜻했고 잔향은 짙었다. '감각적'이라는 수사를 이 책에 대입하는 것이 얼핏 부적절해 보이지만 나는 이 책의 온도와 정서와 분량과 속도가, 저마다의 외로움과 정서적 결핍을 가진 대개의 독자들(나를 포함)에게 대단히 감각적인 책으로 다가오겠다고 생각했다. 자극적이지 않으면서도 감각적인 글을 쓴다는 것은 온전히 작가의 재능이다.

지하철과 버스와 거리에서 스쳐갔던 사람들의 혼잣말과 대화와 통화 내용을 작가는 글로 복기시키고 그것들의 온도를 독자에게 전달한다. 말 한마디, 글 한 줄, 행동 하나가 사람에게 어떻게 상처를 주고 어떻게 구원을 주는지를 생활밀착형 에피소드를 통해 보여준다.

그중에 나는 일본 영화 「심야식당」의 마스터를 등장시킨 위로와 관련한 글에서 한참을 머물렀다. 작가는 말한다. 영화 속 마스터처럼 깊은 상처가 있을 법한 사람들은 타인을 향해 섣부른 위로를 하지 않는 듯하다고. 그들은 위로를 정제하고, 위로의 말에서 불순물을 걸러내는 듯하다고.

그럴 수 있겠다는 생각보다, '위로, 참 어려운 것'이라는 움츠림이 먼저 들었다. 나에게 위로는 늘 힘든 것이었다. 사직서를 제출하며 우는 여직원 앞에서 내가 더 당황했고, 딸의 최근 고민을 들으며 어쩔 줄 몰라 했으며, 관계의 억울함을 호소하는 후배를 향해 도대체 무슨 말을 해야 좋을지를 몰라 전전긍긍했다.

곰곰이 생각해보면, 언제나 나는 고민을 토로하는 사람에게 무언가를 해줘야 한다는 강박이 있는 것 같다. 단박에 그들의 눈물과 한숨을 멈추게 할 강력한 조언과 해결책을 주고 싶다는 마음이 간절한 것 같다. 물론 경험상 그러한 내 강박과 희망 사항은 늘 묘한 찝찝함으로 마무리되었다. 뭔가 많은 말을 한 것 같은데, 겉돌고 있었다는 느낌이 식은 차를 목에 넘길 때처럼 선명하게 뒤끝으로 남고는 했다.

그 어려운 위로를 생각하다, 그렇다면 내 인생 최고의 위로는 무엇이었을까를 떠올렸다. 최근에는 한 선배가 일이 잘 풀리지 않는다고 낙담하는 나에게 "내일 도대체 무슨 일이 생길지 모르는 것이 인생이에요."라는 말을 해줬고, 신앙심이 깊은 후배는 "내가 기도해줄게요."라고 했으며, 같이 일하는 회사 직원은 느닷없이 "뭔가 참 잘될 것 같아요. 요즘 기분이 아주 좋아요."라는 덕담 같은 말을 던졌다. 이 모든 것들이 나에게 힘을 줬던 위로의 언어였던 것은 분명하다.

그러나 내 인생 최고의 위로로 생각해낸 두 가지는 모두, 오래전 어머니에게 받은 것이었다.

군대를 제대하고 복학한 대학 시절, 집안 형편이 어려워 학교의 교수실에서 도둑잠을 자며 생활했다. 교수님이 퇴근하고 나면 등화관제하듯 교수실의 불빛을 꼭꼭 막았다. 행여 경비 아저씨들에게 들키면 학교에서 쫓겨났기 때문이다. 불막이 역할을 했던 것은 교수님의 가족사진 액자였는데 창틀에 아주 맞춤했다. 어느 날 새벽에 그 액자가 바닥에 떨어져 유리가 산산조각이 났다. 놀란 나는 이른 아침부터 학교 주변의 유리 가게를 뛰어다녔다. 내가 교수실에서 잠을 잔다는 것을 알게 되면 조교의 일도 끝이 날 것임을 걱정했다. 다행히 교수님도 모르게 넘어갔지만, 놀람과 불안, 자기 연민 등 다양한 감정을 다 경험한 사건이었다.

아마 그 주 일요일이었을 것이다. 공장을 다니셨던 어머니께서 누이 집으로 보신용 고기를 잡아오셨다. 어머니는 국을 끓이고 상을 차리셨는데, '공부는 잘되냐'는 누이의 말에 그만 나는 울음이 터져버렸다. 액자 사건 이후 필사적으로 잡고 있던 감정 억제의 끈을 툭 하고 놓아버린 것이다. 아이처럼 소리 내서 엉엉 울었고 눈물은 폭포처럼 쏟아지는데 노구老軀의 어머니는 그저 아무 말씀 없이 그 울음을 다 받아내고, 늦둥이 막내아들 밥 위에 고기 한 점을 얹어주셨다. 설움과 불안과 고단함의 모든 눈물을 다 쏟아내서였던가, 나는 여전히 훌쩍이면서도 너무나 개운하게 어머니가 주시는 고기를 다 받아먹었던 것 같다.

대학을 졸업하고 비슷한 일이 한 번 더 있었는데, 정말로 간절히 원했던 시험에 떨어지고 나서 세상의 모든 것을 내려놓은 듯 낙담했던 나에게 어머니는 소주 두 병을 사 가지고 오셔서 아무 말씀 없이 소박한 술상을 봐주셨다. 그때도 나는 대성

통곡을 하며 소주를 마셨던 것 같은데, 술에 취해 쓰러져 잠이 들었고 잠에서 깨어난 아침에 거짓말처럼 시험에 대한 모든 미련을 다 털어낼 수 있었다.

말 한마디 없는 위로. 언어가 없으니 정제할 것도 분쇄할 것도 없었던 어머니의 무언無言. 그럼에도 용광로처럼 뜨거운 온도로 사람을 살려냈던 어머니의 위로가 내 인생 최고의 위로였다.

공교롭게도 위로를 많이 생각해냈던 그날 밤, 초등학교 동창에게 메신저가 왔다. 채팅을 할 시간이 되는지, 상담을 해줄 여유가 있는지를 조심스럽게 물어왔고 나는 편안하게 말을 하라고 했다.

유학을 갔던 딸이 갑자기 중간에 귀국해서 집안에 틀어박혀 있다고 한숨을 쉬었다. 적성에 맞지 않는다고 다니던 학교를 그만둔 딸은, 자신이 도대체 뭘 하고 싶은지 모르겠다고 자책을 하며 몇 달을 아무것도 하지 않은 채 자고 먹기만 한다는 것이다. 서른이 내일모레인 딸을 바라보고 있으면 안쓰러움과 불안감과 짜증이 뒤섞여서 올라오니 이를 어쩌면 좋겠는지를 친구는 물었다.

나는 조심스럽게 말했다.

"그냥 좀 더 시간을 두고 무관심한 듯 지켜봐주는 것이 어떨까?"

친구가 답했다.

"일단 스스로 나올 때까지 그냥 기다리는 게 상책이겠지?"

그런데, 하고 친구가 말을 덧붙였다.

"혹시 극단적인 선택이라도 하면 어쩔까 싶어서 '괜찮아', '용기 내'라는 위로를 하고 싶은데 어떻게 하면 좋을까?"

나는 『언어의 온도』 속 인상적인 구절을 떠올렸다.

위로의 표현은 잘 익은 언어를 적정한 온도로 전달할 때 효능을 발휘한다. 짧은 생각과 설익은 말로 건네는 위로는 필시 부작용을 낳는다.

"힘 좀 내"라는 말만 해도 그렇다. 이런 멘트에 기운을 얻는 이도 있을 테지만 그렇지 않은 사람도 있다. 힘낼 기력조차 없는 사람 입장에선 "기운 내"라는 말처럼 공허한 것도 없다. 정말 힘든 사람에게 분발을 종용하는 건 위로일까, 아니면 강요일까.

― 이기주, 『언어의 온도』

나는 내 어머니가 내게 해준 최고의 위로를 떠올리며 친구에게 조심조심 말했다.

"내가 오늘 한 생각인데, 위로라는 건, 사람을 위로 보는 마음일 때 좋은 위로가 나오는 것 같아. '이 사람이 나보다 더 많은 삶의 지혜를 가진 내 윗사람이다'라고 생각하면, 아무래도 말을 아끼게 되는데, 상대를 존중하는 느낌, 상대의 감정에는 이유가 있을 것이라는 그 믿음이 오히려 더 진짜 위로가 되겠다고 생각했어."

티슈 한 장의 치유사

1.

스트레스가 심할 때 술에 취하면 안 하던 짓을 한다. 귀갓길에 편의점에 들러 아이스크림, 과자 등 단것들을 바리바리 싸들고 와서 폭식을 한다. 아침에 일어나 침대 주변을 보면 널브러진 봉투와 먹다 남은 과자 등이 가관이다. 언젠가 외국 여행 중에 소매치기당한 것이 너무 속상해 그날 밤 호텔 바에서 양주 큰 병을 다 비웠는데, 다음 날 보니 미니 냉장고 안도 텅텅 비어 있었다. 그래 봐야 1년에 한두 번이니, 밤새 식탐 많은 친구 하나가 다녀갔거니 한다.

그런데 얼마 전에는 새로운 버전의 안 하던 짓이 등장했다. 작든 크든 자기 사업을 하는 사람은 오너 우울증을 앓는다. 회사 통장에 돈이 마르면 불안, 초조, 식욕 저하에 무기력증이 밀려온다. 그 시점이었다. 역시 술을 마셨고 침대에 누웠다. 그런데 단것을 찾는 대신 태블릿 PC를 열어서 유튜브 검색창에 '참혹한 사고'를 치고 있었다. 고속버스가 달려와 터널 앞의 승용차를 들이받고 레미콘은 신호 대기 중이던 자동차를 납작하게 눌러버리고 광란의 폭주 차는 횡단보도를 건너는 사람을 무참히 공중으로 날려버린다. 그 끔찍한 영상을 한 시간 넘게, 두 눈 똑바로 뜨고, 보고 있었다.

평상시 나는 목이 잘리고 피가 튀는 영화는 아예 보지도 못한다. 운전을 하다 '펑' 소리가 나면 시선은 소리의 방향과 반대편으로 돌아간다. 극단적 테러 조직이 저지르는 참수 장면과 살해 영상들을 단체 채팅방에 올리는 사람을 보면, 아무리 친하다고 해도 나에게 쓴소리를 들어야 한다. 나는 같은 인간으로서, 누군가의 고통을 관음하는 이유를 이해하지 못하고, 그 대담함을 따라하지 못하며, 설령 이해한다고 해도 도덕적으로 그래서는 안 된다는 신념을 가지고 있다.

그런데 그 밤에는 왜 그랬을까? '위로'였던 것 같다. 누군가는 이렇게 순간적으로 죽는데, 돈 때문에 뭘 그리 고민하냐고 자신을 달래고 있었던 것 같다. 친구 부모님의 문상을 다녀오면 유독 내 부모님에게 잘하고, 아는 사람의 위중한 병문안을 다녀오면 자신의 건강검진을 예약하는 것처럼 나는 타인의 고통을 면제물로 하여 나를 불안에서 구원하고 있었다.

2.

수전 손택은 『타인의 고통』에서 이렇게 말했다.

> 고통받는 육체가 찍힌 사진을 보려는 욕망은 나체가 찍힌 사진을 보려는 욕망만큼이나 격렬한 것이다.
>
> — 수전 손택, 『타인의 고통』

나만 그런 건 아닌가봐, 그렇게 슬쩍 안도했다. 에드먼드 버크의 주장도 등장한다. "내 확신에 따르면 사람들은 현실의 불행과 타인의 고통을 보면서 얼마간, 그것도 적지 않은 즐거움을 느낀다." 셰익스피어도 인용한다. "범상치 않고 통탄해 마지못할 재앙의 광경만큼 사람들이 열심히 좇는 광경도 없다." 땡큐다. 여러 번 안도한다.

그러나 '대중문화의 퍼스트레이디'라는 상찬과 '미국 문단의 악녀'라는 저주를 동시에 받았던 수전 손택이 나의 죄의식을 감싸주려고 『타인의 고통』을 썼을 리는 없다. 그녀는 우회하지 않고 돌직구로, 눈치 보지 않고 대담하게 정치와 사회와 예술을 평론하는 사람이다. 9·11 테러가 난 직후, 세상은 선과 악으로 나눠지고, 태평양 넘어 대한민국의 신문들조차 민주주의와 문명에 대한 도전이라고 이 사건을 애도와 경악의 필체로 보도했을 때, "다 같이 슬퍼하자. 그러나 다 같이 바보가 되지는 말자."라는 제하의 칼럼을 통해 9·11은 오만한 미국의 인과응보라는 말로 미국 정부와 다수의 미국인의 속을 뒤집어놓은 용자勇者가 수전 손택이다.

전쟁에 대한 제국주의적, 반문명적 본성과 이것을 소비하는 이미지의 방식에 대해 면도칼처럼 예리한 시선과 필체로 접근하는 『타인의 고통』의 주제는 연민이라는 감정이 가진 가벼움에 대한 경고다. 설령 인간들이 남의 불행과 고통을 보며 안도와 위로를 받으려는 속성이 있다고 하더라도 그것을 도덕성과 인간의 품위로 극복하면서 오히려 타인의 고통에 대해 연민을 뛰어넘는 성찰적 사고를 가져야 한다는 것이다.

특히, 텔레비전을 보며 다른 나라의 누군가가 전쟁으로 죽어가거나, 기아로 앙상하게 굶어 죽는 아이들을 보게 될 때, "아이구, 세상에 불쌍해서 어찌하누. 쯔쯧." 하며 눈물을 짓는 그 연민적 행위가 사실은, '그렇다고 내가 할 수 있는 것이 뭐가 있겠어?'와 같은 자기 무능력함의 확인이거나, '내가 저들을 죽인 것도 아닌데 이 정도 가슴 아파하면 됐지'와 같은 자기 무고함의 위로로 그치는 것은 경박한 짓이라고 지적한다.

오히려 그런 식의 값싼 연민보다는 화면 속 전쟁의 배후는 누구이며, 영상 속 굶어 죽는 아이들은 어쩌면 내가 너무 많은 것을 독점하고 있기 때문은 아닌지를 의심해보라고 권한다. 같은 예를 한국 안에서 찾는다면, 세월호 뉴스를 보며 "아이고, 저 아이들 불쌍해서 어떻게 하나."라고 안타까워하며 또다시 드라마로 텔레비전 채널을 돌릴 것이 아니라, 저렇게 꽃 같은 아이들이 어이없이 죽었음에도 누구 하나 책임지는 사람이 없는 사회라면, 같은 재앙이 내 아이에게도 생길 수 있다며, 가방에 세월호 배지를 다는 적극적인 연결감을 가지라는 것이다.

공간을 달리하는 타인의 고통을 화면으로 지켜보며 슬픈 표정을 짓는 중심 국가 시민의 연민은 지구촌의 현실을 오히려 마취시키는 자기 위로일 뿐이라는 수전 손택의 주장에 나는 동의한다.

3.

　살아가는 이야기를 한다면, 여전히 인간과 인간을 이어주는 관계적 기초는 연민이다. 내가 고통을 피하고 싶듯 타인도 고통을 피하고 싶을 것이며, 내가 삶을 이렇게 힘들어하듯 타인도 그러할 것이며, 내 행복만큼이나 타인의 행복도 절대적으로 소중하다는 마음이 연민의 마음이다. 그 마음만 제대로 챙길 수 있어도 나는 매사에 훨씬 덜 공격적이고 반면 더 공감적인 사람이 될 수 있으며, 설령 오너 우울증에 빠진 날이라 해도 창졸간에 비극적 죽음을 당하는 사고자들을 보며 나를 위로하는 따위의 천박한 짓거리는 하지 않았을 것이다.

　연민의 힘이 얼마나 위대한 것인지를 나는 종종 치유의 현장에서 확인한다. 집단 상담과 같은 프로그램에서 사람들이 참 많이 운다. 절절하게 자기 사연을 말하며 울고, 그 사연을 채 끝맺지도 못하고 운다. 내 강연 중에도 고민을 나누는 시간이거나 자애 명상을 할 때도 그 어떤 고통을 터치당한 사람들은 툭 하고 봉숭아 꽃 터지듯 울음을 터뜨린다. 그들은 자기 울음을 제어하지 못하며 점점 더 크게 운다.

　그렇게 자기 슬픔에 압도된 사람을 향해 주변의 동료 혹은 치유자가 할 수 있는 행동은 아무 소리 하지 않고 테이블이나 방 한쪽에 있는 티슈 한 장을 뽑아 건네주는 것이다. 여전히 어깨를 들썩이며 울고 있지만 티슈 한 장을 받을 때 울던 사람은 잠시 고요해진다. 안전하고 편안한 고요함이다. 눈에 직접 보이지 않지만 교감의 거대한 산맥이 티슈를 주는 자와 받는 자를 동시에 품는다. 연민과 공감이 다 들어 있는 티슈 한 장의 무게가 그대로 산의 무게다. 나는 늘 티슈를 건네고 받는 장면 앞에서 감정의 감전을 경험한다. 보이지 않게 찌릿 떤다.

4.

수전 손택은 타인의 고통을 거시의 관점에서 봤고, 그때는 연민보다 통찰이 인류애적인 것이라고 했다. 나는 생활의 현장에서 만나는 타인의 고통에, 티슈 한 장의 연민으로도 충분하다고 사적 경험을 근거로 말하고 있다. 특히, 공감의 소통 방식을 학습받지 못한 어른이라면 내가 하고 싶은 말은 더 명료해진다. 아내가 힘듦을 호소할 때, 자식이 자기 마음을 지옥이라 표현하며 눈물을 흘릴 때, 직장의 부하 직원이 고민거리를 던져올 때, 어떤 말을 하고 어떤 표정을 지어야 하는지 몰라 쩔쩔매거나 단박에 어떤 도움을 줘야 하는 것은 아닌지 부담을 갖게 된다면, 가만히 듣고 있다가 진정의 마음으로 티슈 한 장을 뽑아주는 것으로도, 당신은 충분히 좋은 치유사가 될 것이라는 말을 꼭 해주고 싶다.

어머니의 부음

1.

집은 가난했는데 어렸을 때 자기는 나이키나 아디다스 신발처럼 유명 메이커만 신으려 했던 것이 커서도 어머니께 두고두고 죄송하다며 서른 넘은 남자가 술자리에서 말했다. 그 이야기를 들으니, 내 어머니에 대한 나의 죄의식도 함께 불려졌다.

정갈하신 어머니는 새벽이면 일어나 마당을 쓸었다. 잠결에 사락사락 싸리비 소리를 들으면 나는 안도감에 더 깊이 잠들곤 했다. 어느 날은 머리맡에 과자를 하나씩 올려놓으셨다. 나는 아이였고 어머니는 젊으셨다. 그때의 기억은 그저 '착한' 그리움이다.

객지로 나와 초등학교를 다닐 때, 머리가 하얀 어머니가 학교에 오는 것이 싫었다. 창피하고 부끄러웠다. 어른이 된 후 그 기억이 내내 어머니께 죄송했다.

고등학교 때 어머니께서 도시락을 싸들고 자정 무렵 학교에 찾아오셨다. 공부한다는 핑계로 동아리실에서 밤새 놀 작정이었다. 나는 도시락을 뺏듯이 받아 들고, 뭐 하러 오셨냐며 눈을 흘겼다. 어머니는 아픈 다리를 끌고 어둠 속으로 사라지셨다. 지금도 차를 타고 신당동 모교를 지날 때마다 학교 교문을 제대로 보지 못하는 것은, 그곳에 언제나 어머니에 대한 나의 잘못이 있기 때문이다.

그러나 그런 것들은 나도 술자리에서 말할 수 있을 것 같다. 여태 단 한 번도 차마 발설하지 못했던, 그러니까 어머니에 대한 커다란 원죄 의식은 따로 있다. 그것은 어머니께서 돌아가신 그날 그 사건 속에서 시작됐다.

17년 전, 회사에서 어머니의 부음을 전해 들었다. 택시를 타고 경기도에 있는 형님 댁으로 한달음에 달려갔다. 택시 뒷자리에서 얼음처럼 굳어 있던 나를 기억한다. 멈춰진 시간의 느낌도 여전히 생생하다. 큰형님은 침통한 얼굴로 거실에 앉아 있었다. 형수님은 어쩌면 좋으냐는 얼굴로 시동생을 맞았다. 나는 작은 방으로 들어가 그림처럼 누워 계신 어머니를 불렀고, 일어나지 않는 어머니를 붙들고 통곡했다.

아아, 나의 어머니. 마흔다섯 살에 노산으로 막내를 낳고, 중학교에 들어갈 무렵 온몸을 쓰지 못할 정도로 병을 맞으셨다가 친척에게 구걸하다시피 해서 모은 돈으로 막내아들의 대학 입학금을 내주셨던 억척스런 나의 어머니. 경제적으로 무능한 남편을 만나 세상의 모진 풍파에 맞서 많이 울고 많이 아파하셨지만, 자식들을 고아원에 보내지 않겠다는 마음 하나로 독하고 강하게 살아오셨던 내 가여운 어머니. 그 어머니가 세상을 떠났다는 것을 나는 받아들일 수가 없었다.

그러나 그 절대적 슬픔의 순간에 내 코로 훅 하고 들어오는 시신의 냄새. 9월의 늦더위 속에서 누워 있던 어머니에게 뿜어져 나오는 역한 내음이 내 울음과 슬픔보다 더 강하게 나를 자극했다. 나는 그 냄새 앞에서 당황했다. 어머니의 냄새를 맡을 수 있는 내 이성이 저주스러웠다. 하늘이 무너지는 슬픔의 복판에서 어머니의 냄새에 거부반응을 보이는 내 빌어먹을 감각에 나는 행여 누구에게라도 들킬 새라 허둥댔다.

그때부터 지금까지 그 기억은 어머니에 대한 씻을 수 없는 원죄 의식으로 나를 따라다닌다. 이중적인 천하의 나쁜 놈, 서른일곱 해 키워주신 어머니의 은공을, 냄새 하나로 무력화시킨 위선의 인간.

2.

이청준의 「눈길」과 눈길의 밑 작품인 「새가 운들」을 읽으며 내가 너무나 공감했던 것은 바로 그 원죄 의식이다. 이청준의 소설은 인간의 근저에 깔려 있으나 감히 꺼내거나 들추기 싫은 내면을 천천히 그러나 적나라하게 파헤친다.

그런 면에서 나는 이청준의 「눈길」을 내가 읽은 가장 아름답고 완성도 높은 단편소설로 꼽는다. 이효석의 「메밀꽃 필 무렵」도 좋고 안톤 체호프의 「관리의 죽음」이나 단막극 「세 자매」도 최고의 단편이지만 「눈길」만큼 나를 소설 속으로 흡입시키지는 못했다. 그것은 일종의 구원이었다.

눈길은 나(작가)와 어머니에 관한 이야기다.

오랜만에 고향집에 내려와 내일 아침에 바로 떠날 생각을 하는 나를 지배하는 것은 어머니에 대한 부채 의식이다. 나는 스스로 어머니에게 진 빚도 없고, 그러기에 갚을 빚도 없다고 생각한다. 집 지붕을 개간하고 싶어 하는 어머니의 소망을 매몰차게 무시할 수 있던 것도 부채 의식이 없다고 믿으려 하기 때문이다.

그러나 눈길에 대한 아내와 어머니의 대화를 엿듣게 되면서, 나는 자기 안에 숨기려 그렇게 노력했던 원죄와 만나게 된다. 아들놈 실망할까봐 이미 팔린 집에서 자식을 기다리던 모성, 아들이 어색할까봐 옷장만은 그대로 둔 채 언제나 그 집에서 자식을 맞아주시던 어머니. 다음 날 새벽, 아들을 버스에 태워주고 돌아오는 길, 아들이 남긴 눈 발자국에 자신의 발자국을 채우며 어머니는 눈물로 읊조리신다.

> 내 자석아, 내 자석아, 부디 몸이나 성히 지내거라. 부디부디 너라도 좋은 운 타서 복 받고 살거라…….
>
> – 이청준, 「눈길」

어머니는 작가에게 있어 감추고 싶은 작가 자신의 원죄였던 것이다. 작가는 그 원죄 의식과 부끄러움에 대해 이렇게 말을 한다. 그저 소박한 자기 원망이나 체념이 아니라 밝은 빛을 두려워하고 그 빛 앞에 나서기를 부끄러워하는 것이다.

3.

그렇더라도 우리는 마주해야 한다. 원죄와 대면해야 한다. 오
랫동안 내 원죄 의식의 시원始原으로 봉인되어 있던 어머니 시
취屍臭에 대한 고백을 글로 쓰는 것도, 어쩌다 어머니의 꿈을 꾸
고 나면 가슴이 미어져 새벽을 허허하게 불면하는 고통을 통
해, 원죄는 외면할 수 있으나 벗어날 수 없다는 것을 너무나 잘
알게 되었기 때문이다.

나이가 들면서 원죄와의 직면은 나를 더 겸손하게 만들 것이
다. 젊은 시절 대단한 것이라 포장했던 나의 자아가 한 줌도 안
되는 허상이며 이렇게 부조리한 인간이었음을 인정하는 것은,
자기 비하나 열등감과는 전혀 다른 실존적 수용이다. 그것은
남은 시간 동안 더 이상의 업을 짓지 않고 살아가야 한다는 당
위이며 부끄럽지 않게 하루씩의 일상을 채워야 할 이유가 된다.

그럼에도 나는 여전히, 그날 그 기억을 떠올리면 죽고 싶을
만큼 죄스럽고 또 죄스럽다. 죽을 때까지 그럴 것이다.

그때그때 아프기로 해

1.

두어 번 뵌 적이 있는 젊은 성직자에게 문자가 한 통 왔다.

"가을이 오니 한번 뵙고 싶어요. 점심 식사 어떠세요?"

그의 교당이 있는 용산에서 점심을 하기로 했다. 지난봄, 지인의 소개로 알게 된 그는 내 회사에 제법 규모가 큰 교단의 힐링 캠프를 의뢰했으나, 진행 과정에서 갑자기 기존의 업체를 바꿀 수 없다는 내부 결정을 통보한 이후, 첫 재회였다.

용산으로 가는 강변북로는 꽤 막혔다. 차 안에서 이런저런 생각을 했다.

'무슨 일일까? 내년도 행사를 의논하려고 하나?'

그러고 보니 한창 사업 계획서를 쓸 시기였다.

점심을 먹기에는 이른 시간, 오후에 지방으로 출장을 간다며 양손에 큰 가방 2개를 들고 나타난 그와 카페에 마주 앉았다. 일반적인 사회생활을 하는 삼십 대의 노련함 대신 투명한 순진함이 단정한 셔츠로 인해 더 도드라져 보였다. 나는 가만히 차를 마시며 이 만남의 용건이 그의 입에서 나오기를 기다렸다.

두 가지를 의논드리고 싶었다고 했다. 의논이라기보다 조언을 듣고 싶다고 했다. 어찌 보면 개인적인 일이라 느닷없는 만남의 제의가 주저되었으나, 지난봄 이후 계속 내 생각이 나서 뵙고 싶었다는 말도 했다. 그리고 그는 정말 두 가지, 그의 고민을 이야기했다. 모두 자신이 하고 있는 교단의 일과 관련된 것이었다. 하나는 시국 기도회를 어떻게 대중적인 참여로 끌어올리며 이어갈 수 있는지, 또 하나는 청소년 포교 사업을 좀 더 흥미 있게 할 수 있는 방법은 무엇인지, 그러면서 고민이 시작된 배경을 길게 설명했다.

비록 표정으로 드러내지는 않았지만 이 만남이 내 사업과 관련이 없다는 것에 갑자기 나는 맥이 빠졌고, 지금 벌어지고 있는 상황이 슬쩍 어이없었다. 내가 이 교단과 관련 있는 사람도 아니고, 심지어 내가 이쪽 종교를 가지고 있는 것도 아니고, 그런 것을 다 떠나서 자기 고민을 말하기 위해 별로 친하지도 않은 사람을 이 바쁜 시간에 이리 불러내도 되는 것인지, 나는 의아했고 다소 불쾌했다. 그래서 한동안 그의 말을 허투루 듣고 있었던 것도 같다.

내 속내와는 아랑곳없이 그는 두 눈을 반짝이며 진지하게 자기의 사변을 늘어놓았다. 중간중간, 이런 이야기를 위해 뵙자고 한 것이 죄송하다는 말을 건네며, 그 어떤 삿됨이나 탁함도 없이 자기의 사연을 털어놓고 나에게 의견을 묻고 있었다. 의도하지 않은 일이 벌어져서 당황했지만, 의도한 대로 일이 흘러가지 않았기에 생길 수 있는 반전의 감각이 바로 그때 내 안에서 꿈틀대며 일어나기 시작했다. 나는 단박에 이 상황이 좋아졌다. 반짝하고 빛나는 사금파리를 발견한 것처럼 내 앞에서 자기 말에 몰입돼 있는 이 성직자가 더없이 순수해 보이기 시작했다.

'돈 버는 일과 관련이 없으면 어때? 그리고 모든 사람들이 그것을 목적으로만 만나야 하는 건 아니잖아? 이렇게 차를 마시면서 자기 이야기를 할 수도 있는 거지. 세 번째 만남에 자기 이야기를 하는 것이 이상한 게 아니라, 세 번째 만남에도 자기 마음을 보여줄 수 있다는 것이 감사하고 고마운 것 아닌가?'

그 이후 나는 진지해졌고, 그의 고민에 같이 동참했고, 이런저런 아이디어를 내놓으며 토론했다. 점심을 대접하고 싶어 밥

집에 갔다. 따뜻한 밥과 국을 먹으며 그는 자신의 결혼 생활에 대하여, 꿈에 대하여 이야기했고, 나는 잘 모르는 우주를 향해 아득하지만 아늑한 비행을 하는 기분으로 그의 말을 들었다. 내 머릿속에는 시 한 편이 써지고 있었다.

그때그때 아프기로 해

살아간다는 건
잘 걷다 돌부리에 넘어지는 어린애처럼
무시로
배신의 돌, 영문 모를 돌, 느닷없는 돌, 믿었던 돌들을
만나는 것
놀라고 주저앉고 바닥에 엎어져
한참을 울고
며칠을 아파하는 것

그럴 때마다 마음에 벽돌 하나씩 두르고
세상은 그런 거야
인간은 그런 거야

사랑은 그런 거야

믿음 따위 개나 주는 거야

아프지 않기 위해

인간에 대한 기대도 하지 않기

예감이 이상하면 먼저 자르기

그런데 이상하지

벽돌이 쌓여

마음은 단단해지는데

안전한 만큼 설레지 않아

편안한 만큼 묻고 싶은 것도 없어

평화로운데 감동이 없어

당신은 당신대로

나는 나대로 그리하여

그때그때 아프기로 해

반복의 배고픔처럼 아프기로 해

오늘 처음인 듯 아프기로 해

아플 때는 아프기로 해
살아 있는 증거로 아프기로 해

사람에게 평생 설레기로 해

2.

시를 좋아한다. 시 읽기를 좋아하고 간혹 부끄러운 끄적거림
도 사랑하며 시인과 술 마시는 것을 지복이라고 생각한다. 특히
시 선집을 즐겨 읽는데, 한 명의 시인이 쓴 단일 시집을 읽는 것
이 바닷속을 다이빙하는 깊은 즐거움이라면 시 선집은 스노클
링처럼 가볍게 다양한 시들을 만나는 재미가 있어 좋다. 특히
안도현, 김용택, 나희덕, 도종환, 정호승 시인과 같은 시신詩神들
의 시평은 주인공의 시보다 때로 더 큰 찬탄과 감동을 주기도
한다. 정끝별과 문태준이 해설을 맡고, 민음사에서 편찬한 『어
느 가슴엔들 시가 꽃피지 않으랴 1, 2』는 개인적으로 꼽는 최고
의 시 선집이다.
특히 내가 즐기는 나만의 시 읽기 방식은 시를 읽고 페이지

여분의 공백에 시적 감동과 내가 받은 시인의 메시지를 메모하는 것인데, 그것은 몰입적 시 읽기에도 큰 도움이 될뿐더러, 천천히 시를 씹어 먹고, 반복해서 되새김할 수 있어서 참 좋다. 덕분에 새 시집 안쪽은 늘 연필심으로 촘촘하게 짜인 거미줄 꼴이 된다. 무엇보다 나의 메모 이후 대가의 시 해설을 읽게 되었을 때 같은 느낌이면 더 반갑고, 다른 이야기를 하고 있으면 더 흥분되니 오래도록 나의 이런 시 읽기 방식은 계속될 것 같다.

다만, 아쉬움이 있다면 대개의 시 선집들이 다루는 시들이 유명한 시인들의 익숙한 시들이다 보니 비록 해설자에 따라 다른 시감詩感으로 차별된다고 해도 여기서 본 시를 저기서도 보고, 저기서 본 시를 또 다른 책에서도 만나게 되는 중첩성이다. 좋은 시는 아무리 읽어도 좋지만 그래도 아무 기대 없이 들어간 극장에서 대박의 영화를 만나는 기쁨을 시 선집은 충족시켜주지 못한다.

그런 면에서 김사인이 엮은 『시를 어루만지다』는 시 문학계 전면에서 이미 크게 이름을 날리고 있는 시인들은 다른 지면에 양보하고 의도적으로 덜 알려지고 덜 드러난 시들을 선정한 것이 무엇보다 신선하다. 예를 든다면, 윤석위 시인의 「시집詩集」 같은 시다.

詩集을 사는 일은

즐겁다

그 중에서도 아이들 책을 사다가

모르는 이의

불꽃같은 詩가 있는

詩集을

덤으로 사는 일은 즐겁다

– 윤석위, 「詩集」

　모르는 이의 불꽃같은 삶과 사랑과 인생을 만나는 즐거움과 감동이 이 시 선집에 있다. 게다가 김사인 시인의 따뜻하면서 예리하고, 대범하면서 세심한 감수성은 이 책에서 어루만지게 되는 또 다른 시들이다. 무엇보다 그가 시를 섬기고 받드는 제주祭主의 자세가 처음부터 끝까지 흐트러짐 없이 이어지고 있어서 참 좋다. 이 책이 성취한 가장 큰 미덕은, 선정된 시들이 내뿜는 긴장감과 함께 이 시를 선정하고 그 시 앞에 무릎 꿇은 자의 태도적 긴장감이다.

3.

가까운 시절, 우리는 상식과 질서가 주술에 빠져버린 기묘한 역사를 경험했다. 상실과 허탈감에 가슴이 뻥 뚫린 무중력의 시간을 견뎌내고 광장을 밝힌 촛불의 힘으로 민주주의를 지켜냈다. 그 과정에서 환희만큼이나 아픈 감정의 생채기를 경험했다.

의심, 혐오, 방어, 단정, 체념, 외면, 무감각 등의 딱지들. 세상을 보는 시선이 다른 사람들을 신경 쓸 바에야 우리끼리 놀자는 효율적인 사고와 분열의 포장지들. 누가 해도 똑같은 것이고 세상은 다 그런 것이라는 선무당 헛도사 같은 마취제들. 이것은 한 시절, 한 사건만의 감정 패턴이 아니다. 더 많은 사람을 만나고, 더 많은 사건을 겪고, 더 많은 배신과 느닷없는 뒤통수를 맞으면서, 우리는 되풀이해서 이런 인생의 딱지를 만들고 더 단단해지며 덕분에 덜 방황하고 덜 아파한다. 무뎌진 감수성 대신 우리는 편안함을 얻는다.

그러나 인간이 정말 늙는다는 것은 신체의 노화를 의미하는 것이 아니라고, 나는 생각한다. '감성이 죽었을 때, 인간은 늙은 것이라고' 나는 늘 주문처럼 중얼거린다. 사람에 대해, 시대에 대해, 늘 그때그때 아파할 수 있는 것, 그리고 그 대가로 새로움 앞에서 또다시 설렐 수 있는 것. 나는 이것이 정녕 살아 있는 것들의 특권이라고 확신한다. 그리고 그것을 도와주는 것이 시詩다. 감성의 노화 방지에는 시가 최고인 것이다. 시詩는 올드해지는 감성의 보톡스인 셈이다.

그렇게 안 하고 싶습니다

1.

나와 경기도 포천의 모 교육 연수원은 서로가 서로에게 지겨운 관계다. 그것도 끔찍할 정도로 지겨운. 그곳을 생각하면 나는 방금까지 명랑했던 기분이 착 가라앉고, 마찬가지로 나를 알고 있는 그곳의 직원들 역시 방금 맛있게 먹었던 음식도 내 이름을 들으면 바로 체기를 느낄 것이다.

악연의 시작은 입찰이었다. 몇 해 전 지인이 그곳을 소개해줬고 힐링 연수 교육업체를 입찰로 선정한다고 말했다. 대학원에서 명상을 공부한 나는 요가나 스트레스 관리, 심신 치유나 상담 등을 전공한 도반들과 치유 프로그램을 만들어 기업체 대상의 치유 교육 사업을 하고 있는데, 그때 처음 입찰이라는 제도를 알았다. 그리고 영업이 확장될 수 있는 또 하나의 방법이라고 생각했다.

'나라장터'라는 곳에 들어가 입찰 공고문을 내려받았다. 중소기업 및 소상공인에게 참여 제한을 두는 규정이 마음에 들었다. '입찰은 짜고 치는 고스톱'이라는 말을 얼핏 들은 것도 같은데, 이렇게 공개적인 사이트에서, 작지만 전문적인 회사끼리 경쟁을 시킨다니 세상 참 많이 좋아졌다는 생각도 했다.

그러나 공고문과 과업 지시서를 반복해 읽을수록 '이건 뭐지?' 싶은 걸림이 이어졌다. 내용도 파악하지 못한 채 타 기관의 것을 그대로 베낀 듯 앞뒤 맞지 않는 요구 조건, 입찰 참여자는 전혀 배려하지 않은 발주처 중심의 일방적 조항 등이 가독의 진도 나감을 방해했다.

그러나 며칠을 준비해서 제안서를 쓰고, 그것을 인쇄해서 10부를 만들고, 각종 서류를 다 취합해서 경기도 포천까지 직접 가서 제출했다. 다시 며칠 후 심사위원들 앞에서 제안서 발표를 했다. 또 며칠 후 우리는 탈락했음을 '나라장터'를 통해 확인했다. '제안 평가 부적격'이라는데 무엇 때문인지는 알 길이 없었다.

나는 탈락의 아쉬움보다 내 노동이 이렇게 허무하게 종결되고, 애쓴 끝의 묘한 찬밥 대우가 억울했다. 왜 떨어졌는지 이유라도 알려달라고 하니, 문서로 정식 민원을 넣으라고 했다. 그래서 넣었다. 한참 후에 답이 왔다. '관련 법대로 해서 문제가 없습니다.' 예전부터 지금까지, 비기관 사람들이 공무원이나 공공기관 사람들을 뒤에서 흉볼 때 가장 많이 등장하는 그 말, '전형적인 복지부동伏地不動'의 표본 같은 대응이었다.

나는 그 짧은 답변을 받아 이번에는 아주 긴 민원을 준비했다. 관행적으로 이어지는 입찰의 비민주적 방식에 대한 것들이었다.

'이렇게 통신이 발달된 시대에 왜 우편 접수나 온라인 접수를 하지 않고 방문 접수를 강제하느냐, 재무제표로도 충분한 기업 평가서를 왜 사설 기관에서 유료 발급 후 제출하게 하느냐, 세금계산서로 충분한 행사 실적 보고서를 왜 해당 업체에 가서 도장까지 받아오라고 하는 것이냐, 탈락한 업체에게 점수를 공개해야 그 업체는 무엇이 부족한지를 알 것 아니냐, 중소기업으로 제한을 두고 최저가 경쟁을 시키는 것은 가난한 업체끼리 싸움 붙여 다들 죽이자는 것 아니냐.'

나의 지속적인 항의에 그 기관은 내 회사와 내 이름을 다 알게 되었고, 나는 나의 일을 했고 그들은 그들의 일을 했다. 부당함을 지적하는 것이 나의 일이었고, 법적으로 문제가 없다고 답변서를 쓰는 것이 그들의 일이었다. 직원들의 만류에도 불구하고 입찰 공지가 나면 나는 다시 그곳에 가서 제안 발표를 하는 것이 내 일이었고, 그들의 기준에 따라 번번이 나를 탈락시키는 것이 그들의 일이었다.

직원들이 나를 말린 이유는 하나였다. "아부를 떨어도 될까 말까 한데, 그렇게 미운털 박힌 짓을 하고 있는 업체를 누가 뽑아주겠습니까? 그리고 그곳에 가면 사람들 눈치 안 보이세요? 뒤에서 얼마나 속닥거리겠어요?"

속닥거리든 말든, 먹고살기 위해 하는 노동보다 중요한 것은 없다는 것이 내 생각이었고, 나는 거의 3년 동안 꾸준히 문제를 제기하고, 꾸준히 입찰에 지원하고, 꾸준히 탈락했다.

그 과정에서 방문 접수는 우편 접수로 바뀌었고, 기업신용평가표는 제출 서류에서 사라졌으며 탈락업체에 대한 점수 공개를 기관에서 의무화하기 시작했다. 그러나 나는 여전히 소상공인으로 참여 제한을 해놓고 최저가 입찰을 명문화하는 그 기관의 판단이 바로 '갑질'이며, 모호함 투성이로 제안 요청서를 베끼는 담당자의 안일한 행위가 밤낮없이 제안서를 써야 하는 사람들에게 얼마나 혼돈을 주는지, 마치 죄지은 사람처럼 기가 죽어 발표를 하고 있지만 전문용어조차 이해하지 못하는 심사위원들의 전문성이 제안 업체의 노동을 얼마나 우롱하는 것인지를 시비 걸고 있다.

2.

이 책을 읽으면 주인공의 말투를 꼭 따라하게 되는데, 그 책은 바로 「필경사 바틀비」다. 수없이 반복되는 바틀비의 그 유명한 대사, "그렇게 안 하고 싶습니다."를 읽고 나면, 그 말이 계속 입안에서 맴돌고, 일하면서도 맴돌고, 술자리에서도 맴돌아, 누군가 "자, 건배!"라고 제안이라도 하면 당장 "그렇게 안 하고 싶습니다."라는 말이 자동으로 튀어 나가려 한다.

허먼 멜빌의 단편 「필경사 바틀비」는 월 스트리트 변호사 사무실에 필경사로 고용된 바틀비의 기이한 언행에 대한 이야기다. 마음이 여리고 도덕적이며 자기 검열이 강한 변호사와는 달리, 바틀비는 초반 며칠을 제외하고는 변호사의 명령과 업무를 거절하고 '천상천하天上天下 유아독존唯我獨尊'의 행동을 한다. 이것을 시켜도 "그것을 안 하고 싶습니다", 저것을 시켜도 "그것을 안 하고 싶습니다", 회유와 설득과 협박에도 "그것을 안 하고 싶습니다". 바틀비는 결국 해고되지만, 너는 해고시켜라, 나는 일한다며 사무실에서 나가지 않는 강적이 바틀비다. 변호사와 동료들의 억장은 무너지고 결국 바틀비만 놔두고 회사가 이사를 가버리지만, 그 건물을 떠나지 않던 바틀비는 부랑자로 체포되어 감옥에 갇히고, 그곳에서 음식을 끊고 죽게 된다. 좋은 음식을 제공해주려는 변호사의 호의조차 바틀비는 "그렇게 안 하고 싶습니다."라는 말로 거절한다.

바틀비의 어법을 가만히 들여다보면 꽤 흥미롭다. 일반적으로 뭔가를 하고 싶지 않다면, "나는 그렇게 하고 싶지 않다(I would not prefer to)."라고 할 것이다. 하고 싶은 행위를 중심에 두고, 좋은 것을 취하려는 방식으로 사람들은 말한다. "나는 이걸 하기 싫어(나는 저걸 할 거야)." "나는 저걸 하기 싫어(나는 이렇게 할 거야)."

그런데 바틀비는 "나는 그렇게 안 하고 싶다(I would prefer not to)."라고 말한다. 하고 싶은 행위를 중심에 두는 것이 아니라, 하기 싫은 것을 안 하려고 하는 '저항'과 '거부'의 행위에 더 큰 방점을 찍는다. "나는 하기 싫어요"가 아니라 "나는 그렇게 안 하는 것을 좋아해요"의 차이다. 뭔가를 하고 싶은 것이 중요한 것이 아니라 내가 하기 싫은 것을 안 하는 것이 더 중요하다는 인생관이다. 비사회적이고 불우하게 삶을 마감하는 듯 보이지만, 바틀비의 모습에서 독자들은 한 인간의 고유한 자존과 경이로운 의지를 본다. 은근한 짜증에서 묘한 카타르시스를 느끼는 것이 바틀비를 바라보는 독자들의 감정 변화다.

3.

내 지인들은 입찰과 관련해 끊임없이 민원을 넣는 나를 보며, '왜 그렇게 피곤하게 사냐'고 힐책한다. '그런다고 뭐가 바뀌냐'고 말하고, '그냥 대충 살라'고 한다. 입찰 시장에서 블랙리스트에 올라 사업에 도움도 안 될 거라고 한다.

그러나 나는 경기도의 그 기관을 포함해 또 다른 입찰 공고를 올린 기관들을 대상으로 딴지를 거는 중이다. 입찰 공고문을 읽다가 '현장 직접 서류 방문 필수'라는 문구를 보면 그곳 기관에 전화를 걸어 담당 공무원에게 말한다. "세종시까지, 전주까지, 직접 가야 하는 이유가 무엇입니까? 왜 어느 곳은 우편 접수도 가능하다는데, 당신들은 그것이 불가능합니까?" 그러면

담당자 10명 중 10명 모두 상당히 기분 나쁜 목소리로 묻는다. "어느 회사냐?" 그러면 나는 내 회사 이름을 또박또박 말한다. 그리고 묻는다. "그런데 당신이 알고 싶은 내 회사의 이름과 제도 개선을 바라는 나의 요구가 무슨 상관입니까? 내 회사 이름을 알아서 점수로 불이익을 주겠다는 것입니까?"

바틀비의 어법으로 말한다면, 나는 이런 후진적이고, 입찰 참여자의 영혼을 파괴하는 비민주적 입찰 방식을 '안' 따르고 싶기 때문이다. 그것을 고발하는 것은 이 입찰 제도를 직접 경험한 내부자가 해야 할 일이라고 생각하기 때문이며, 블랙리스트에 올라갈 수 있는 사람만이 고발의 증거를 수집할 수 있다고 생각하기 때문이다. '사람 사는 세상은 고통이 없는 세상이 아니라 고통이 고통을 알아보는 세상, 노동이 노동을 알아보는 세상'이라고 나는 믿고 있기 때문이다.

안 하고 싶은 것을, 안 할 수 있는 용기.

편한 것이 편한 거라며, 눈 한 번 질끈 감고, 이 눈치 저 눈치 보며 외면과 순응의 삶을 선택하는 영혼 늙은 우리들에게, 바틀비의 육성은 칼날이 되어 심장을 찌른다.

"그렇게 안 하고 싶습니다."

내 사전 속 지천명

2016년에 쉰이 되었다. 지천명知天命이다. 그런데 내가 알아야 하는 하늘의 명령이 무엇인지는 잘 모르겠다. 뭔가 경거망동하면 안 될 것 같고, 화를 내거나 부딪치기보다는 대범하게 포용하고 점잖게 기다리라는 것 같기도 하다. 하기야, 마흔인 불혹不惑에도 나는 숱하게 흔들렸으니 2,500년 전 공자의 분류법을 오늘에 대입한다는 것이 가당키야 하겠냐마는, 은근히 신경이 쓰이는 것도 사실이다.

각설하고.

회장님은 돈이 아주 많다고 했다. 빌딩도 여러 채를 가지고 있고 부동산도 엄청나다고 했다. 욕심도 없어서 이제는 본인이 재미있는 일만 하며 살고 싶다고 했다. 그래서 어떤 프로젝트를 도모 중인데 내가 자문을 해주면 좋겠다고 잘 아는 지인이 말했다. 내용은 잘 모르겠지만 사람을 만나는 것도 재산이라는 생각이 들어 며칠 후 회장님의 사무실로 갔다.

지인이 부른 또 다른 사람들과 회장이 부른 두어 명까지 대략 10명 정도가 어색하게 회의실에 앉아 있었다. 정작 회장은 한 시간 정도 늦게 나타났다. 육십 대의 왜소했지만 활기찬 모습이었다. 가장 상좌에 앉은 회장은 늦어서 미안하다는 말 한마디 없이 돌아가면서 자기소개를 하라고 했다. 이후 두어 시간 동안 회장은 자기 직원들에게 하듯 거의 혼자 말하고 혼자 소리쳤다. 자기가 얼마나 많은 것을 가지고 있으며, 무엇을 할 수 있는지를 거침없이 쏟아냈다.

거침없는 것은 사업뿐이 아니었다. 여기 있는 여자 중에 누가 가장 '영계'인지를, 누가 처녀인지를 물었고 낄낄 웃었다. 그 단어는 수차례 반복되었다. 나에게는 대뜸 '돈 잘 버냐고 물었다. 지난달 매출이 얼마이며, 대차대조표의 차변과 대변을 말해보라고 했다. 여성에 대한 성적 표현은 노골적으로 위험했고 사람 각자에 대한 직접적 질문은 공개적으로 무례했다. 그러나 그 모든 것들이 순간적이고 즉각적이어서 어느 누구도 마땅한 대응을 하지 못했다. 나 역시, 이건 뭔가 잘못되고 있다는 생각이 들었지만 나를 소개한 지인의 입장을 떠올리며, 설마설마하며 머리가 복잡한 염소처럼 얌전히 앉아 있었다.

회의는 불편한 분위기에서 끝났고 회장은 밥을 사겠다고 했다. 여전히 해맑게 식당에서 자리를 배치하고 있는 지인을 보니 먼저 간다고 일어날 수도 없는 노릇이었다. 그리고 그 자리에서 나는 더 기가 막힌 장면을 보았다. 회장 옆에는 회의 때 서로 첫 인사를 나눈 두 명의 여자가 좌우로 앉았고 회장의 손은 그중 한 여자의 허벅지에 자연스럽게 올라갔다. 반바지를 입고 있던 그녀는 '이러지 마시라'며, 이건 2천만 원짜리 처벌이라며 방석으로 다리를 가렸다. 그 옆에서 나는 전전긍긍했다. 회의장에서는 참았지만 이것을 어떻게 넘어갈 수 있을지 싶었다.

그렇다고 내가 나서서 어디를 만지냐고 했다가 회장이 나에게 '당신 다리를 만지는 것도 아닌데 왜 난리야?' 이러면 어쩌나 싶기도 하고, 다른 사람들을 보니 다들 태연하게 수다를 떨고 회장님 말씀에 귀 기울이고 있는데, 나 혼자 또 왜 이러나 싶기도 해서 고작 한다는 것이 성희롱 장면을 찍거나 음성 증거물이라도 녹취를 하려고 테이블 밑에서 휴대전화를 만지작거리는 일이었다. 그 와중에 식사를 마친 여자는 먼저 일어섰고 술이 거나하게 오른 회장은 다른 여자의 손을 꼭 잡고 술을 마셨다.

집으로 돌아오는 차 안에서 그 자리에 함께 동행했던 여자 선생님에게, 왜 그 자리의 여자들은 좀 더 직접적으로 항의하거나 저항하지 않는지를 묻자, 그것은 쉽지 않은 일이라고 말했다. 권력관계에서 상위에 있는 사람이 공공의 자리에서 성희롱을 할 때, 많은 여자들이 현장에서는 그저 당황하다가 나중에 집에 돌아와서 모욕감과 수치심을 강하게 느낀다고도 했다. 그 말이 이해가 됐다. 낮에 회의석상에서 나도 느닷없이 다가오는 '쓰나미'를 속수무책으로 맞고 있었으니까.

그날 밤 쉽게 잠이 오지 않았다.

또 다른 나는 잘 참았다고 속삭였다. '거기서 또 성질부려서 네가 좋은 게 뭐가 있느냐, 이제 진짜 나이를 제대로 먹었구나, 지인을 봐서라도 잘한 것이다…….'

그러나 곧 다른 목소리가 귓가에서 윙윙거렸다. '그 회장에게 무슨 부귀영화를 보겠다고 그런 수작질을 다 보고 참고 있느냐, 그 사람이 돈이 아무리 많다고 너에게 초코파이 하나 사준 적 없는데 뭐에 기가 눌려서 가만히 있었느냐, 뭐 하나 떡고물이라도 떨어질 것을 생각해서 그런 거라면 결국 그런 턱도 없는 기대감이 저런 괴물을 자꾸 만들어내는 것 아니냐. 게다가 너도 딸을 키우는 아버지로서 식당에서 밥이 목구멍으로 넘어가더냐……'

다음 날 출근하면서 그냥 다 잊자고 했지만 방관과 미안함 같은 단어들이 계속 명치끝을 콕콕 눌렀다. 결국 어제 받았던 명함을 꺼내 여자분에게 전화를 걸었다. "어제 식당에서 제 마음이 참 좋지 않았습니다." 그녀는 웃으며 "선생님이 계속 불편해하는 것을 저도 알고 있었어요."라고 말했다. 그녀도, 나도, 그 이외에 다른 말을 더 이어갈 수 없었다. 이 말을 꺼내자니 어색했고, 저 말을 꺼내자니 숨이 막혔다. 미안하다는 말을 한 번 더 하고 나는 전화를 끊었다.

데이비드 실즈의 에세이 『우리는 언젠가 죽는다』는 죽음을 이야기하는 책이다. 죽음이라는 자칫 무거울 수 있는 주제를 부자父子 관계와 스포츠와 위인들의 명언들과 몸의 과학과 통계 등으로 풀어낸 책이다. 내용이 특별하기보다는 구성 자체가 독특한 책이다. 잘 지은 밥과 맛 좋은 고추장과 신선한 야채와 화려한 고명을 아주 절묘하게 배합한 멋진 비빔밥 한 그릇을 먹는 맛이라고 할까? 특히 공자, 셰익스피어, 오스카 와일드, 우디 앨런과 무명의 택시 운전사까지 등장시키며 그들의 경구를 속도감 있게 정리해내는 방식은 압권이다.

그중에 이런 대목이 있다.

> 미국의 철학자 니컬러스 머리는 말했다. "'30세에 죽었으나
> 60세에 묻혔다'라고 묘비에 써야 할 사람이 얼마나 많은가.'
> 고대 페르시아 사람들은 인생의 첫 30년은 삶을 사는 데 쓰
> 이고, 이후 40년은 삶을 이해하는 데 쓰여야 한다고 믿었다.
> 쇼펜하우어는 숫자를 역전시켜서 말했다. '인생의 첫 40년이
> 텍스트라면 나머지 30년은 그것에 대한 주석이다.'
>
> – 데이비드 실즈, 『우리는 언젠가 죽는다』

반복해 읽을수록 죽비로 딱 하고 맞는 것 같다. 자기다움을
지키며 앞으로 나아가지 않는 삶이란 과연 현실의 삶인가, 무
덤 속 삶인가. 나이가 들어 체력이 떨어지면 페르시아 사람들
이 말하듯, 이후의 삶은 더 깊이 자신의 삶을 돌아보고 성찰하
는 삶이어야 한다는 것에 동의한다. 그렇지 않다면 살았으되
죽은 삶이다. 나이를 벼슬로, 돈을 만능으로 생각하는 사람이
있다면 그이에게 진정 권하고 싶은 문장이다.

나는 이 기회에 나에게 하달된 하늘의 명령을 내 방식으로

정리하려 한다. 이것도 흥, 저것도 흥이 아니라, 설령 그것이 내 밥벌이에 도움이 되지 않는다 해도, 교양과 예의 없이 갑질하고 권력질하며 힘질하는 것들에 대해, 그 현장과 면전에서 '부끄러운 줄 알라'는 말을 해줘야 한다는 것이다. 그것이 삶을 조금 더 산 선배들이 세상의 상식을 믿는 젊은이와 약자에게 해줄 수 있는 방어이자 하늘의 명령이라고, 나는 결론 내렸다.

당당함보다는 shy하게

몇 년 전 겨울, 일본 여행을 했다. 정확히는 조선통신사의 발자취를 쫓아가는 취재였다. 간혹 자유 시간이 있었다. 전철에서, 길거리에서, 상점에서 만나는 사람들은 대부분 친절했다. 친절의 저의를 떠나 친절하니 좋았다. 당시는 이 책을 구상하던 무렵이어서, 일본의 아저씨들을 특히 주의 깊게 봤다.

내 눈에 보이는 일본 아저씨들은 대개 비슷한 복장을 하고 있었다. 아이보리색 트렌치코트를 입고 서류 가방을 들고 한 보폭의 징검다리를 건너는 사람처럼 총총 신호등을 건너거나 전철 안 한쪽에 서서 미니북을 보고 있었다. 그들은 대개 키가 작았고 왜소해 보였다. 그리고 또 하나, 그들이 차지하고 있는 공간의 영역이 적었다. 공간이 적으니 그들이 보내는 신호도 작았다. 있는 줄 모르게 있다는 뜻이다. 물론 짧은 여행 중에 본 일본 아저씨들이, 일본 전체의 중년을 대표할 수는 없다. 내가 본 그들이 그랬다는 것이다.

이어령 선생은 『축소지향의 일본인』에서 일본 수필 문학의 효시라 할 수 있는 『마쿠라노소시枕草子』의 다음 문장을 인용했다.

무엇이든 무엇이든 작은 것은 모두 다 아름답다

— 이어령, 『축소지향의 일본인』

루스 베네딕트가 단 한 번도 일본 땅을 밟지 않고 『국화와 칼』이라는 일본 관련 서적의 레전드를 썼듯이, 이어령 선생 역시 고작 1년의 일본 체류로 『축소지향의 일본인』을 썼다. 인터넷도 없던 시대에 어떻게 그 많은 고증과 자료를 수집했는지 의아할 정도로, 풍부한 주변물을 바탕으로 한국인의 관점에서 한국의 문화풍속과 비교를 통해 일본인의 본질에 접근하려 한 책이기도 하다.

그 책의 주장처럼, 우주를 축소해서 정원에 가두고, 세계에서 가장 짧은 시(하이쿠) 안에 언어를 압축하는 축소의 미학을 가진 사람들이어서 일본 아저씨들의 자기 영역과 존재 과시의 신호도 크지 않았던 것일까? 그렇게 단순화시킬 수는 없을 것이나 확실히 흔한 한국 아저씨들의 큰 목소리, 쩍 벌린 다리, 헛기침과 비교되는 것은 사실이었다.

최근 나는 두 번 정도 운전을 하다 화끈한 내 또래 아저씨들을 만났다. 한 명은 갑자기 내 차를 쫓아와 경적을 울렸고 부딪칠 듯이 다가왔다. 그것이 자기 차를 추월한 보복이었다는 것을 잠시 후 알게 되었지만, 차 안의 운전자가 보이는 저 과잉의 분노 표시는 쓴웃음 이외에 대응할 방도가 없었다.

또 한 명은 외길에서 나와 마주친 상대편 운전자였는데, 내 뒤에도 차가 또 한 대 있었고 마주한 차는 옆으로 피할 공간이 있었으므로 그 차가 먼저 진로를 확보해주기를 기다렸다. 그런데 그 차의 운전석에서 한 남자가 내리더니 나에게 성큼성큼 다가와 내 차의 창문을 두드렸다. 그러더니 대뜸 "라이트를 끄란 말이야, 이 양반아! 그건 상식 아냐!"라고 반말로 고함을 질러댔다. '오늘 응급실 하나 예약했네'라며 전의가 훅 하고 타올랐으나, 동시에 떠오른 것은 '내가 만일 여자였으면 어떠했을까'라는 것이었다. 그 생각만으로 소름이 끼쳤다.

그곳이 어디든 왕의 행세를 하거나 도로에서 황야의 무법자가 되는 저들은 자기 존재감을 어떻게든 크게 알리고자 하는 공통점이 있다. 그래야 상대가 나를 무시하지 않을 것이며, 나로 인해 상대가 긴장할 것이라는 안도감을 가지는 것 같다. 여하튼 그들은 존재의 공간과 신호를 확실히 크게 쓴다.

나는 그것을 익숙함의 결과라고 생각한다. 이 사회에 오래 산 사람들의 익숙함 말이다. 시스템에 익숙하고 관계에 익숙하고 상대를 제압하는 화법에 익숙하다. 짬밥을 많이 먹을수록 군 생활이 익숙하듯, 이 사회에 오래 살수록 주변의 모든 것이 익숙하다.

내가 그렇게 생각한 것은 한동안 여행을 거의 외국으로만 다니다가 마흔이 넘어서 여행지를 국내로 바꾸면서이다. 처음 가보는 외국은 신기하고 새롭고 요즘 말로 신박(매우 신기)했으나, 마흔의 나이로 접어들자 내 나라가 주는 익숙함과 편안함이 더 좋아졌다. 전국의 누구를 만나든 대화가 통하고, 아주 효율적인 짧은 커뮤니케이션으로도 내가 얻고자 하는 것은 다 얻을 수 있었으며, 행여 누군가와 다툼이 있더라도 이길 수 있는 말싸움을 할 수 있다는 그 익숙함이 내 여행지의 취향마저 바꾸게 한 것이다. 그것이 일상으로 돌아왔을 때도 마찬가지였다. 누군가 나를 공격하거나 나를 불편하게 할 때 그에 항의하거나 배로 되돌려줄 수 있는 준비가 돼 있었고 그 방법을 알고 있었다.

나는 우아하게 나이 드는 자세 중 하나는 'shy하기'로 해야 한다고 생각한다. 'shy'를 대체할 적절한 모국어를 찾지 못했다. 수줍어하자는 것도 아니고 부끄러워하자는 의미도 아니다. 자기 공간을 좁게 쓰고, 자기 존재를 작게 드러내는 것 정도가 그림으로 그릴 수 있는 'shy'함의 형상일 것이다. '거침없이 당당하게'라는 자기에게 용기 주기와 남성성의 신화는 가부장적 시대에나 통용됐던 유용함이었으리라. 또는 아직 자기 무기를 갖추지 못하고 미숙했던 젊은 시절에나 처방될 수 있었던 자기최면이었으리라. 굳이 그렇게 하지 않아도 마음만 먹으면 회사에서, 사회에서, 가정에서, 거침없이 당당한 기득권층이 오십 대 이상들이다.

그러므로 이제는 그 당당함을 내면 속 자존감이라는 서랍에 고이 모셔두고 일상에서는 조금은 부끄럽고, 약간은 축소된 모습으로 버스를 타고 전철을 타고 음식을 주문하자. 거침없는 어르신보다는 다소곳한 어른이 더 은은하고 우아하며 카리스마 있는 것이라고, 나는 생각한다.

순하고 고요하게

1.

어느 날은 쉽게 잠들고 어느 날은 좀처럼 잠들지 못한다. 어떤 날은 누가 업어가도 모를 정도로 깊이 잠들고, 어떤 날은 강아지 발소리에도 깜짝 놀라 잠이 깬다. 나이가 들수록 수면의 형태가 일정하지 못하고, 제멋대로인 것은 다 스트레스 때문일 것이다. 만사가 잘 풀리면 숙면이고 일이 뒤틀리면 불면이다. 가장 최악일 때는, 가까스로 잠들었는데 작은 소리에 깨어났을 때이다. 이렇게 되면, 다시 잠들기가 너무 힘들다. 양 500마리를 세다가 화장실을 들락거리고 냉장고 문을 열었다 닫았다 한 후 책을 두어 페이지 읽고 유튜브로 음악을 한참 들은 후에야 겨우 잠들 수 있다.

고3 아들이 자정 무렵에 독서실에서 돌아오면 출출한지 종종 치킨을 시켜 먹었다. 만사형통할 때는 내가 시켜주기도 하고 같이 먹기도 한다. 그러나 만사불통의 시기에, 치킨 배달부가 누르는 로비와 현관의 초인종 소리는 어렵게 성공한 잠을 깨운다.

한두 번은 꾹 참았다. 천상천하 고삼독존. 생닭을 잡아드신다고 해도 모른 체해야지. 세 번째는 타일렀다. "로비에서 너한테 전화하게 하고, 네가 내려가서 치킨을 받아와라." 잊었던 것인지, 무시하는 것인지, 네 번째 초인종 소리에 또 잠을 깼을 때는 고함을 질렀다. "야! 이놈아, 여기가 너 혼자 사는 집이야!" 치킨되기 전 닭의 비명보다 더 높은 목청이었다.

다음 날 아들딸을 불러놓고 아버지의 성대 고음에 대한 정당성을 이야기할 때, 딸이 제 동생을 옹호하듯 나에게 말했다. "100번의 초인종 소리보다 아빠의 고함이 더 크고 함께 사는 가족을 불안하게 해. 아빠는 모르지? 술 마시고 오실 때, 아빠의 발소리, 아빠의 목소리가 얼마나 큰지?"

혹 떼러 갔다가 혹 붙이고 온다고, 요즘 내가 얼마나 스트레스를 받고 있으며, 그래서 잠들기가 한국 축구가 월드컵 4강에 오르기만큼 어렵고, 힘들게 잠이 들었다가 깨면 그다음에 잠들기가 한국 축구가 월드컵에서 우승하는 것만큼 힘들다는 말은 입도 떼지 못한 채, 나는 졸지에 우리 집에서 가장 공격적인 사람, 그리하여 집에서 치킨 하나 시켜 먹지 못하게 하는 폭군 아빠로 공인된 것이다.

얼마 후 그 이야기를 아는 선배에게 했더니, 평소에 그 말 많던 선배가 마치 얼어붙은 듯 한참 동안 생각에 잠겨 있다가 말했다. "딸이 너에게 공격적인 사람이라고 했다고 했지? 나는 왜 그 말이 자꾸 명치끝에 걸린 듯 쑤시냐. 요즘 나도 대학생인 두 딸과 냉전 중인데 그 애들도 나한테 비슷한 소리를 한다. 아빠는 민주적인 척하지만 어쩔 수 없이 자기중심적이고 공격적이라고."

2.

마침 그즈음은 한창 어느 재벌집 모녀들이 누가 더 공격적인가를 경쟁하던 때였다. 서른다섯 살 된 동생은 거래처 직원에게 물을 끼얹고, 장년의 간부에게 욕설과 고함을 지른다. 그녀의 육성 녹음을 듣고 사람들은 경악했지만, 회의 때 늘 그러해서 놀랍지도 않다는 것이 그 회사 사람들의 반응이다. 몇 해 전 그녀의 언니가 '땅콩 회항'이라는 희대의 사건으로 우리 사회 갑질 논란의 주연으로 등장하더니 뒤이어 동생이 언니의 뒤를 따라 갑질의 속편을 찍는다. 그녀들의 엄마는 기사와 가정부에게 쌍욕을 하고 매질을 하면서, 이것이 그들 집안의 가풍이요, 내력이었음을 증거한다.

딸이 던진 '공격성'이라는 화두에 꽂혀 있자니 보이는 것들이 다 그물망에 걸린다. 전철에서 큰소리로 좌석의 양보를 강요하는 어르신, 식당에서 종업원에게 반말을 하며 주문한 것이 늦게 나온다고 야단치는 어른들, 병원에서 대기 시간이 길다고 소리를 지르는 이들이 모두 자신의 공격성을 감추지 못하는 사람들, 또는 감출 필요조차 느끼지 못하는 사람들이다.

3.

난 내 젖가슴이 좋아. 젖가슴으론 아무것도 죽일 수 없으니까. 손도, 발도, 이빨과 세치 혀도, 시선마저도, 무엇이든 죽이고 해칠 수 있는 무기잖아. 하지만 가슴은 아니야. 이 둥 큰 가슴이 있는 한 난 괜찮아.

— 한강, 『채식주의자』

맨부커상을 수상하며 한국 문단에 큰 경사를 안겨준 한강의
장편소설 『채식주의자』는 육식을 거부하는 영혜가 주인공이다.
어떤 꿈을 꾸고 나서, 지극히 평범했던 그녀는 채식주의를 선언
한다.

어린 시절 집에서 키우던 개가 영혜를 물자 아버지는 그 개를
오토바이에 매단 채 동네를 몇 바퀴 달리며 개를 살해한다. 그
리고 그날 저녁 영혜를 포함한 가족과 마을 사람들은 그 개를
나누어 먹는다. 당시에는 전혀 문제의식조차 없었던 그 사건이,
영혜에게 지속적인 악몽을 꾸게 한다. 그 개를 포함해서 그녀가
먹었던 모든 고기들이, 비록 그 피와 살은 모두 소화되고 배설
되었다 해도, 그 질긴 목숨들이 끈질기게 명치에 달라붙어 그
녀를 괴롭힌다.

이 소설 속에서, 육식과 채식은 고기를 먹느냐, 먹지 않느냐
의 취향 혹은 선택의 구분이 아니다. 하나의 생명을 내 영양소
로 섭취하는 육식은 인간의 '공격성'을 상징한다. 영혜는 자신의
몸 자체가 ─ 젖가슴을 제외하고 ─ 모두 누군가를 공격하는 무

기였음을 각성한다. 작가는 영혜의 채식주의 선언을 통해 세상에 만연된 '공격성'을 주목한다.

남편 회사 사장의 식사에 초대받은 영혜는 단지 고기가 들어간 탕평채를 먹지 않는다는 이유로 유령 취급을 받는다. 영혜가 브래지어를 하지 않은 것에 사장의 부인은 노골적인 경멸의 시선을 드러낸다. 자식을 사랑한다는 이유로 아버지는 다 큰 딸의 뺨을 때리면서까지 딸의 입에 탕수육을 우겨 넣는다. 기어이 먹지 않겠다는데도, 엄마는 흑염소즙을 딸의 병원으로 가지고 와서 한약이라 속이고 먹이려 한다.

도대체 영혜가 고기를 먹지 않는 것이, 브래지어를 하지 않는 것이, 다른 사람과 자신에게 어떤 피해를 주길래 그들은 이토록 필사적으로 영혜에게 공격적일까? 단지 자신과 다르다는 이유, 자신의 가치와 원칙과 기대에 따르지 않는다는 이유, 그것이 이 폭력의 근거가 될 수 있을까?

4.

나의 존재만으로도 누군가에게는 위압감과 긴장감을 줄 수도 있다는 자각이 생기면서 나는 긴장하기 시작했다. 내가 내 귀로 듣는 것보다 내 목소리가 더 커서 회의실 분위기를 더 무겁게 할 수 있겠구나, 내 몸짓, 내 걷는 소리, 내 기침 소리 등이 생각보다 커서 가족들의 휴식을 깰 수 있겠구나, 거침없는 나의 시선이 내 후배를 불안하게 만들 수 있겠구나, 그리하여 '존재만으로도 사랑'이 아니라 '존재만으로도 공격'일 수 있겠다는 생각을 하면, 숨 쉬는 것도 소심해진다. 인간관계, 가족 관계 등이 더 어려워지는 것이, 어쩌면 바로 나의 공격성 때문일 수 있겠다는 생각을 하면 자신감도 슬그머니 사라진다.

그러나 나는 이러한 자각이 반갑고 좋다. 지극히 평범한 영혜가 어느 날 고기를 거부했듯이, 경쟁에 이기기 위해 누군가를 공격했을 나의 삶을 돌아볼 수 있다는 것이 천만다행이다. 좀 더 스스로에게 소심해지면 좋겠고, 좀 더 관계에 자신이 없어져도 괜찮을 것 같다. 대심하고 자신만만해서 나라를 구하겠는가, 외계인의 침공에 맞서 지구를 지키겠는가.

풀처럼, 나무처럼, 식물처럼, 고요하고 순하게 늙어가면 좋겠다. 집이든, 전철이든, 식당이든, 공간을 함께 쓰는 사람에게 더 작고, 더 희미한 존재면 좋겠다. 내 안에 깊숙이 스며든 공격성들이, 늦은 봄 툭 하고 떨어지는 목련처럼 깔끔하게 분리되면 좋으련만. 언감생심, 그 봄 손톱 끝에 물들인 봉숭아 물 빠지는 속도로라도, 내게서 빠져나가기를 바랄 뿐이다.

2장

관계

'왜'에서
'어떻게'로

내 눈에 성이 차지 않는 게 세상 사람들이고, 내 맘대로 되지 않는 게 세상일인 것 같다. 그럴 때, 내 마음에 평화를 주는 방법은 '그 사람도 잘하려고 했겠지. 다만 잘 안되었을 뿐이지'라고 생각해보는 것이다. '그러고 싶어서 그러는 사람은 없다'라는 말을 주문처럼 되새기면서 말이다.

거듭 실패할지라도

1.

일요일 저녁, 모처럼 가족이 다 함께 밥을 먹는다. 주말 아르바이트를 다녀온 대학생 딸도 막 손을 씻고 식탁에 앉는다. 잠시 후, "아빠 물 한 잔만 줄래?"라고 말한다. 정수기에서 가장 가까이 있던 딸이 일어나 물을 따른다. 또 잠시 후, 이번에는 앞 접시가 하나 필요하다. "미안한데 앞 접시 하나만……." 딸이 퉁명스럽게 답한다. "아빠 그냥 드시면 안 돼요?" 가는 말 오는 말이 곱지 않게 오고 간다. "야. 너는 아빠한테 그것 하나 못해 주냐?" "알바 다녀와서 피곤한데 이것 달라 저것 달라 그러면 짜증나잖아요."

이런, 망할 기지배. 속에서 욱하고 뭔가가 치밀어 오른다. 앞에 있던 아내는 예기치 못한 상황 전개에 우물쭈물거리고, 그 옆의 아들은 불똥이 자기에게 튈 새라 밥그릇에 고개를 처박고 밥만 먹는다. 나는 한마디를 더 하려다 '에이 관두자.' 이러면서 수저를 내려놓고, 딸도 쪼르르 제 방으로 들어가면서 단란할 뻔했던 가족의 주말 식사는 파장이 난다.

안방에 들어와 숨을 고르며 앉아 있자니, 억울함과 분함과 서운함의 감정이 마구 몰려온다. 시간이 조금 지나 그 감정의 근원을 찬찬히 따져보니 우선 억울함은 본전 생각과 닿아 있다. 내가 어릴 적에는 아버지와 밥상을 같이하는 것이 늘 어려웠다. 아버지가 수저를 들 때까지 기다려야 했고, 생선처럼 좋은 음식이라도 상에 올라오면 늘 아버지 차지였다. 우리는 그것을 당연한 것으로 알았고 행여 입속에 밥풀을 머금은 채 말을 하거나 형제들끼리 킥킥거리며 장난이라도 쳤다가는 오줌을 지릴 정도로 야단을 맞아야 했다. 아버지가 물을 떠오라고 하면 군말 없이 물을 떠와야 했고, 행여 막걸리라도 받아오라고 하면 빈 양은 주전자를 달랑달랑 들고 반 시간은 족히 걸리는 양조장을 걸어갔다 와야 했다.

아버지가 된 지금 그 정도의 대우를 받겠다는 것은 아니지만, 그릇 하나 달라는 것에 정색을 하는 딸을 보며, 옛날 생각도 나고 본전 생각도 났던 것이다. '금이야 옥이야 키워놨더니 이제 다 컸다고 저리 튕겨 나가?'라는 분한 감정은 부록. 평상시 웬만하면 마음이 불편해서 심부름 하나 시키지 않았건만 '모처럼 가족들이 다 모였을 때 아비 대우를 잠시 받아보려고 했던 것도 못 받아줘?'라는 서운함은 사은품.

그리고 보니 딸이 대학생이 된 이후, 몇 번의 충돌이 연속 있었다. 같이 청소를 하다가, 같이 산책을 하다가 팽 하니 토라졌고 며칠 후 화해의 과정에서 또 한바탕 부딪쳤다. 일관되게도, 딸은 '아빠가 왜 이리 자기주장만 옳다고 하느냐'고 따졌고, 또한 나는 한결같게도 딸에게 '왜 이리 무례하냐'고 야단쳤다. 내 입에서 나온 말 조각들은, '아빠가 네 친구냐? 이건 야단을 치는 것이지 토론을 하자는 게 아니다, 왜 네 입장에서만 생각하냐?'와 같은 것이었고, 딸은 '어렸을 때는 몰랐는데 아빠는 독선적이야, 아빠가 무슨 말을 할지 알아, 아빠는 내 마음을 정말 몰라'와 같은 것이었다.

독선적이라니? '열 마디 하고 싶은 것도 한 마디만 하고, 제 투정을 다 받아주며, 저희들 커가면서 집안에서 실제 눈치는 누가 보고 있는데 독선적이라니?' 그러나 이런 횟수가 최근 몇 차례 반복되자 쓱 하고 드는 의심. '혹시, 나에게 무슨 문제가

있는 것은 아닐까?'

2.

전인권은 자신의 책 『남자의 탄생』 서문을 이렇게 시작한다.
"최근 10여 년 사이 나는 실패를 거듭해왔다." 착한 아들, 훌륭
한 학생, 친절한 동료였으나 중년에 접어든 지금 그들과의 관계
에서 실패가 반복되고 있다며, 스스로 묻는다. '도대체 나는 누
구인가?'

처음 이 책에 대한 이야기를 들은 건, 나의 졸저 『그렇게, 아
버지가 된다』의 독후감을 존경하는 선배로부터 직접 들을 때였
다. 선배는 '한국 남성의 자기 고백적 성찰서' 중 가장 으뜸으로
치는 것이 『남자의 탄생』이라 말했고, 전인권이 저자라고 했으
며, 나는 그룹 들국화의 전인권을 떠올렸다가, 그 사람과 동명
이인임을 알았고, 나의 책은 '한국 아버지의 자기 고백적 성찰
서'로 그 책을 능가한다는 과찬을 들었을 때, 우쭐함보다는 쑥
스러움이, 무엇보다 그 책 『남자의 탄생』을 읽고 싶다는 강렬한
충동이 들었다.

58년 개띠, 그러니까 살아 있다면 전인권은 육십을 갓 넘은 나이일 거다. 대한민국의 산업화를 주도했으며 봉건적 부모와 신세대 자녀 사이에 샌드위치처럼 끼인 '베이비부머' 세대다. 그는 이 책을 마흔 중반에 썼고, 마흔 후반에 암으로 사망했다.

마흔을 넘기면서 그는 내가 그러했듯 어른의 통과의례를 톡톡히 치렀던 것 같다. 잘 살아온 것 같은데 그것이 착각일 수도 있다는 혼돈감. 점잖은 것 같으면서 폭력적이고 민주적인 듯하면서 독선적이며 수평적 인간관계를 중시하는 듯하면서도 권위적인 자신의 양면성을, 작가는 자각한다. 그리고 무엇이 자신을 이렇게 실패의 어른으로 만들었는지의 연원을 더듬어가기 시작한다. 스스로의 바둑을 차근차근 복기하는 프로 기사처럼, 의사 앞에서 정신분석을 받는 내담자의 자세로, 그는 다섯 살부터 열두 살까지의 유년기를 파고들며 아버지와 어머니와 형제와 친구와 자신에게 영향을 끼친 모든 사람과 환경을 분석해내기 시작한다.

그리고 결론을 내린다. "나는 나의 부모에 의해 철저하게 한국식 남자로 길러졌다는 것을." 가부장적인 아버지, 원칙 없는 사랑을 주는 어머니의 가풍 속에 동굴 속 황제처럼 키워지고 국가주의와 병영주의에 오염된 학교에서 가치관을 익힌 소년이 시간이 지나 중년이 되었을 때, 번번이 직장 후배와 충돌하고 아내와 다투며 자식과 갈등하기 시작하는 것은 예견된 일일 수도 있다. 그들은 동굴 안 왕국의 신하들이 아니므로. 그를 동굴 속 황제로 인정해줄 이유가 없으므로.

"사적私的인 기록을 통해 현대 한국사회의 모습을 조명하는 유일무이한 텍스트"라는 책 뒤의 해설은 다소 과장된 느낌도 들고, 내 안에 남아 있는 아버지를 '살해하는 것'이 스스로 자유로워지는 길이라는 처방은 진부하거나 막연한 느낌이 드는 것도 사실이다. 그러함에도 "아버지와 나 사이의 대화는 서로의 의견을 교환하는 대화(dialogue)라기보다 반복적으로 아버지와 아들이라는 신분을 확인하는 의식(ceremony)에 머물렀다는 점을 지적해두지 않을 수 없다."는 대목은 하강하는 독수리처럼 직선적이고 나이아가라 폭포처럼 통렬한 부자간의 관계적 통찰이다. "아버지는 아버지의 길을 가려고만 했고, 나더러는 나의 길을 가라고 했다. 정작 두 사람이 만나고 교류하는 길은 없었다. 바로 이것이 신분 관계로 맺어진 아버지와 나의 관계였다."는 구절은 좀 더 친절하게 신분이라는 핵심어를 설명한다.

3.

　나를 포함해서 한국의 중년 남성들이, 자신의 아버지와 '신분 관계' 말고 '인간관계'를 맺은 적이 있었던가? 지지고 볶고 사랑하고 끌어안고 안쓰러워하고 고함도 치고 삐지기도 했지만 한 이불 속에서 뒹굴던 어머니와의 관계를 '인간관계'라고 명칭했을 때, 아버지는 수직적 관계 속에서 언제나 저 위에 계신 분이었고, 훈계하거나 명령하거나 야단치는 분이었으며, 아들은 그 모든 것을 일방적으로 받아내며 기대에 부응하고자 고군분투하는 존재였다. 그러니까 그 둘은 '신분적 관계'라고 부르는 것이 자연스럽지 않은가? 그리고 마치 유전처럼 제 몸속에 신분적 관계의 소통 방식을 무의식적으로 각인시키고 세대를 이어 이것을 계승시키는 한국 남성의 특수성.

　바로 여기에 전인권의 실패가 있었고 우리 집 밥상머리의 불화가 있겠다는 생각을 한다. 한국 남자를 비하하는 유행어인 '한남'의 탄생 배경도 여기와 닿아 있을 것이다.

　'신분적 관계'로 나를 분석하면 스스로 걸리는 것들이 너무 많다. 회사에서도 나는 직원들과 '인간관계'보다는 사장과 직원이라는 '신분 관계'에 더 익숙해져 있음을 인정한다. 후배들도 나처럼 나이를 먹는데, 언제나 그들보다는 내가 위라는 생각을 버리지 못해서 가끔 술자리에서 불손하다는 것을 트집 잡아 후배를 야단치려 한다. 아내가 문자 한 통 없이 운동 후 술을 마시고 들어오는 것에 대해, 나는 늘 대부분 그런 행동을 함에도 불구하고, 심기가 뱀처럼 꼬이는 것을 보면 그놈의 가장이라는 권위 의식을 관 속까지 가지고 갈 것 같아 한심하고 혐오스럽다.

인간이 인간과 인간관계를 맺는 것은 매우 당연한 것이다. 주인과 종이 아닌데 무슨 신분 관계를 맺으랴. 시대는 변했고 사람들은 달라졌다. 한국 남자로 태어나 유교적 남자로 교육받고 자라온 아빠에 대해, 지구촌 글로벌한 환경에서 태어나 양성평등의 세상을 살아가는 딸과의 충돌은, 그러므로 필연적이고 또한 우리 집만의 풍경은 아닐 것이다. 물론 나는 딸에게 물과 그릇을 달라고 부탁할 수 있다. 딸은 거부할 수 있고 나는 그 거부를 '아빠에게 그것도 못 해주냐'며 시비할 수 있다.

그러나 하지 말아야 하는 것은, 내 의식의 문제다. 명령을 해야 본전을 차리는 것이고 부탁을 하면 모양이 빠진다는 생각, 내 말을 들어야 착한 딸이고, 나에게 저항하면 망할 자식이라는 생각. 나는 정말 이런 생각을 하지 않았던 것일까?

4.

그나저나, "최근 10여 년 사이 나는 실패를 거듭해왔다"는 전
인권의 고백이 머릿속에서 떠나지 않는다. 내가 지금 실패를 거
듭하고 있는 중이니까 더 그럴 것이다. 한국에서 태어나고 자
랐으니 태생적 '한남'이라고 하더라도, 한 집안의 중심은 가장
이 아닌 모든 동거인이라는 생각의 전환을 자연스럽게 하지 않
는 한, 뼛속까지 침투해서 무엇이 문제인지도 모르고 저지르는
가부장제의 의식과 태도를 지속적으로 묻고 점검하지 않는 한,
'어쩌다 보니 한남'은, '어쩔 수 없는 한남' 신세를 벗어나기 어려
울 것 같다. 그 대가로, 더 깊이 고립되고 더 많이 외로울 것이
며 거듭 실패할 것이다.

징글징글한 내 새끼

1.

재작년 봄.

점심을 먹고 사무실에 들어왔는데 고2 아들에게 전화가 왔다. "아빠, 뭐 하세요?"라는 형식적인 질문에, "뭐 하긴, 일하지."라고 또한 형식적인 답을 했지만 그 사이 내 머릿속에서는 생전 전화 한 통 없던 아들의 이 살가운 저의를 추리하고 있었다. 용돈이 떨어진 것일까? 아니면 무슨 사고라도 친 것일까? 두 가지를 빠르게 생각했으나, "아빠, 지금 학교에 와주실 수 있으세요?"라는 말에 가슴부터 철렁 내려앉았다.

친구와 싸웠다고 했다. 친구는 아버지가 병원에 데리고 갔고 경찰서에 신고한다는 말도 했다고 전한다. 아들은 말을 더듬고 조금은 떨고 있었다. 서로 얼마나 다쳤는지를 물었고, 크게 다치지 않았다는 말에 우선은 안도하며 주차장으로 달려갔다.

강변북로는 봄으로 화사했으나 마음이 지옥이니 길가에 꽃들이 눈에 들어오지도 않았다. 기나긴 방황 끝에 또래보다 1년 늦게 고등학교 2학년이 된 아이는, 쉼터에서 지낼 때 고입 검정고시를 합격한 후 인문계 고등학교에 진학했지만 적응하지 못했다. 1년을 꼬박 제 방에서 나오지 않다가 다시 1학년이 되었다. 그해, 제 엄마와 나는 아침마다 천국과 지옥을 오갔다. 아이가 잘 일어나서 학교를 가면 천국, 그렇지 않으면 지옥이었다. 다행히 1학기보다는 2학기에 출석률이 높았고, 2학년 때는 단 한 번의 지각도 없이 학교를 가는 것이 그저 기적이라고 생각했다.

아들은 교무실에 있었다. 선생님과 면담을 했다. 두 녀석이 쓴 진술서도 봤다. 아들이 먼저 시비를 걸었고 둘이 몸싸움을 했다. 그 과정에서 아들은 가슴이 밀렸고 친구는 목이 긁혔다. 선생님은 말했다. "아이들끼리 있을 수 있는 일이나, 저쪽 부모님이 몹시 화가 나서 강경한 조치를 원합니다." 선생님에게 '이유가 무엇이든 심려를 끼쳐드려 죄송하다'고 사과하고 아프다는 아이를 데리고 병원을 갔다.

차 안에서 아들은 억울하다고 했고, 전학이나 경찰서에 가야 하는지 물어보며 불안해했다. 어느 정도 시간이 지나자, 아들은 좀 더 차분해졌고, 나는 아들의 불안감을 달래줬고, 친구의 입장에서 생각한 후 사과를 할 수 있는지를 생각해보라고 했다. 아이를 다시 학교에 데려다주고 회사로 가는 길에 아이 친구의 아버지에게 전화를 걸어 진심으로 사과했다. 그분 역시 속상하고 놀랐을 거라는 생각에 내 마음이 더 속상했다. 얼마 후에 아들에게서 문자가 왔다. "아빠, 선생님이 걱정하지 말래요. 친구에게 먼저 욕한 것을 사과하겠습니다. 오늘 와주셔서 정말 감사합니다."

강변북로의 벚꽃이 이제야 다시 보이기 시작한 것은, 몇 시간 동안의 걱정과 불안이 잘 해결되고 있었기 때문만은 아니었다.

선생님 앞에서 머리를 조아리고, 얼굴 한 번 본 적 없는 아들 친구의 아버지에게 죄인처럼 잘못을 빌 때, 부아도 치밀었고 자존심도 상했으며 자식 낳아서 이런 뒤치다꺼리를 하는 내 팔자가 한심하기도 했다.

그러나 아들의 방황이 한창일 때, 쉼터에 있다는 것을 확인한 후 찾아간 부모를 외면하던 아이였다. 바로 그 애가 학교를 다니지 못하게 될까봐 겁내 하며, 아버지에게 SOS를 치고 있다. 나는 아들의 그 다가옴이 너무 기쁘고 고맙고 대견했던 것이다. 자식에게 눈먼 고슴도치 부정이라고 하더라도, 어쩔 수 없는 일이다.

2.

1922년에 헤르만 헤세가 발표한 『싯다르타』는 종교적 성장소설이다.

싯다르타는 바라문의 아들로 태어났으나 자아를 찾아 친구와 집을 나가고 사문들과 함께 지내며 실제 붓다를 만나기도 했다. 그러나 진리는 가르침이 아닌 경험 속에서 체득되어야 한다며 세상 속으로 들어간다. 카말라라는 아름다운 여인을 만나 육체적 쾌락에 빠지기도 하고 장사꾼이 되어서 도박과 향락에 몰입하지만 그것의 허무함을 깨닫고 뱃사공이 된다.

특히 내가 흥미롭게 본 것은 붓다의 '싯다르타'와 헤세의 '싯다르타'가 아들을 대하는 태도의 차이점인데, 열여섯 살에 결혼을 한 붓다는 자신의 출가에 장애가 되는 존재라며 아들의 이름을 장애라는 뜻을 가진 '라훌라'라고 지었다. 반면 헤세의 '싯다르타'는 아들 바보다.

열한 살 먹은 아들을 다시 만났을 때, 아들은 아버지를 거부하고, 멸시하고, 조롱하고, 반항한다. 아버지는 그것을 기꺼이 다 받아낸다. 살면서 무언가에 완전히 빠지는 사랑을 해본 적이 없었는데, 아들 때문에 싯다르타는 어린애같이 순수한 사랑을 할 수 있게 됐다고 생각한다. 그러나 아들은 집을 나가고, 싯다르타는 아들을 찾아 숲을 헤매고, 아들을 그리워하며 그 상처로 사는 존재가 헤세의 '싯다르타'다.

> 그는 이 사랑이, 자기 아들에 대한 이 맹목적인 사랑이, 일종의 번뇌요, 매우 인간적인 어떤 것이라는 사실과, 또한 이 사랑이 윤회요, 흐릿한 슬픔의 원천이요, 시커먼 강물이라는 사실을 잘 알고 있었다. 그럼에도 불구하고 그는 이와 동시에, 그 사랑이 가치 없는 것이 아니라는 것을, 그 사랑이 필수불가결한 것이며 자신의 본질에서 우러나오는 것임을 느꼈다. 이러한 쾌락도 만족시키고 싶었으며, 이러한 고통도 맛보고 싶었으며, 이런 어리석은 짓도 저질러보고 싶었다.
>
> — 헤르만 헤세, 『싯다르타』

3.

소설을 읽은 후 문득 이렇게 자문한다.

사고를 치고 아빠를 놀라게 하는 아들은 내 삶의 장애일까, 혹은 기쁨일까.

돌이켜보면 태어나서 초등학교 저학년까지는 온전히 기쁨이 었던 것 같다. 그 후로 지금까지는 기쁨보다 한숨과 고통이 더 많았던 것 같다. 그래서 통제되지 않는 아들을 보며, '저 웬수를 낳아서 내 삶이 이리 장애롭구나'라며 속으로 중얼거리다 행여 이 생각이 들킬세라 공연히 주변을 살피기도 했다.

딸도 마찬가지다. 눈에 넣어도 아프지 않은 아이, 큰애여서 더 애틋한 아이, 퇴근 후 보육해주는 곳의 현관문이 열리면 "아빠." 하고 종종종 뛰어오던 그 아이, 등에 업고 집으로 돌아오며 둘만 아는 동요를 함께 부르고 깔깔 웃던 그 시절의 나와 그 시절의 아이. 그러나 딸은 성인이 된 후 어른의 보폭보다 빠르게 아빠와 멀어지고, 나는 그 상황을 보며 안절부절못한다. 거리를 좁혀보려 시도해도, 이미 다른 언어와 시선을 가진 두 사람이 옛날의 부녀 관계로 돌아가는 것은 불가능하다는 것을 쓸쓸하게 인정해야만 한다.

꿈을 꿔도 딸과 아들은 아이 때의 모습이다. 요즘의 아이들은 좀처럼 꿈에 등장하지 않는다. 내가 품에 품고 물고 빨던 그때 그 아이들과 한참을 놀다 잠에서 깨고 나면 오래 먹먹해한다. 다시 돌아오지 못할 시간이 안타깝고, 다정했던 그 시절이 눈물 나게 그리워, 아무도 없는 곳에서 혼자 가슴을 탁탁 치고 한숨을 '후우후우' 뱉는다.

그러다가 딸에게서 날아온, '아빠 추운데 옷 따뜻하게 입고 다니세요'라는 문자를 보거나, 늦은 밤 학원에 갔다가 현관문을 열고 들어서는 아들의 얼굴을 슬쩍 보는 순간, 장애는 사라지고 밥은 잘 먹고 다니는지 안쓰러움이 먼저 생기게 하는 것, 그게 새끼라는 이름의 요물이지 싶다. 학교까지 쫓아다니며 사고 친 것을 수습하는 일이 짜증나는 것이 아니라, 사고 쳤다고 아빠를 찾는 것에 오히려 안도하는 마음이 징글징글한 새끼를 둔 부모의 어쩔 수 없는 어리석음이지 싶다.

자식은 크면서 부모를 떠나려 하고, 부모는 떠나는 자식을 보며 애면글면하는 것, 그것이 부모 된 자의 필연이고 숙명이다. 분명한 것은, 품 안에 있던 아이들이 그 품을 떠났을 때, 우주 하나가 통으로 빠져나간 듯한 허전함이 아주 오래, 깊게, 수시로 고독하게, 확인된다는 것이다.

"애들 스무 살 넘으면 세상의 부모는 모두 무자식이라고 생각해야 한다."라는 말을 나는 가끔 나에게, 내 마음을 달래려고, 중얼거린다.

'왜'에서 '어떻게'로

1.

제멋대로 자라고 엇나가는 자식들을 보며 탄식처럼 내뱉고, 뒤돌아 위로받는 말.

"자식은 겉만 낳는 것이지, 속까지 낳는 것은 아니야."

그래 봐야 부모들 눈에 자기 새끼는 다 천사다. 아이가 어디나가 사고를 친들, 100명의 부모 입에서 나오는 1개의 말은 "우리 애는 그런 애가 아닙니다."일 터. 아들이 초등학교 5학년 때부터 엉덩이에 뿔나는 짓을 하나씩 하기 시작했을 때도, 나 역시 내 애는 그런 애가 아니라고 흔들림 없이 믿었다.

중학교에 진학한 후, 이것이 일탈 정도가 아니라 집안을 뒤집어놓을 사건으로 아이의 성장통이 깊어질 때도, 나는 내 아이의 근본을 의심하지 않았다. 누구의 휴대전화를 훔쳤다거나, 누구를 때렸다거나, 결국은 가출을 하는 일이 발생해도, 나는 요즘 사귀는 내 아이 친구들의 불온함과 그 불온함에 감염된 내 아이의 순진함을 먼저 생각했다.

눈도 뜨지 않은 채 간호사 품에 안겨 있던 그 첫 모습부터, 목욕을 시키고 우유를 먹이고 천사처럼 잠자는 모습을 지켜보고, 뒤집으면 환호하고 기어 다닌 날에는 파티를 하고 걸음마를 가르치고 남들보다 말이 늦을 때는 걱정했지만 한글을 빨리 익혔을 때는 '혹 영재가 아닐까' 하며 설렜던 시간들. 어린이집을 다닐 무렵에는 매주 주말이면 국내로, 해외로 가족 여행을 다니며 여행 웹진을 운영하는 내 회사 사이트에 '뚜비 뚜바 가족 여행'을 연재하고, 그렇게 부족하지 않은 애정과 관심을 주고, 비범하지는 않지만 부족하지도 않게 키워온 내 아들에게 어떤 유전적, 성격적 문제가 있을 것이라는 생각을 도저히 할 수가 없었다.

중학교에 진학한 후 무단결석이 잦아지면서 부부가 해보지 않은 것이 없었다. 게임 중독 캠프, 전국 도보 여행, 아이 상담, 부부 상담, 놀이 치료, 신경정신과 진단과 약 처방, 가족 세우기와 같은 치유 프로그램, 이것을 모두 다 하면서도, 그리고 그 모든 것들이 아이에게 거의 흡수되지 않고 있다는 것을 확인하는 과정에서도, 나는 도대체 왜 이 아이가 갑자기 괴물처럼 변하는지를 이해할 수 없었고, 중2병이니 사춘기니 하는 잠시의 홍역이기를 바랐다. 그 바람이 번번이 배신당할 때마다 역으로 아이의 행동 원인을 부모와 가정환경에서 찾으려고 하는 주변 사람들에게 상처받았다.

그들은 아버지가 알코올중독이고 엄마가 신경질적이며 아이를 학대하고 제멋대로 자라게 방치했다는 증거를 찾아야만, '그렇지, 역시 모든 문제 아이의 배후에는 문제 부모가 있지, 내가 배운 것이 맞았어'라는 확신을 갖고 싶어 하는 것처럼 보였다. 그것이 당시 아이의 가출로 피폐해진 몸과 마음의 예민함과 피해 의식이라고 하더라도, 어쨌든 그때는 그런 마음이 많이 들어 누구와도 자식에 대한 고민을 나누고 싶지 않았다.

올해 아들은 스물한 살이 되었다. 1년 늦게 고등학교 1학년을 무사히(?) 잘 마치고, 2학년에 공부 바람이 불어 독서실과 학원에서 살다시피 하더니 드디어 고등학교 3학년을 마칠 때가 되었다. '그러면 된 거지 뭐'라고 아들을 볼 때마다 생각한다.

14개월 동안 집을 나갔다 돌아온 후 24시간 제 방에서 몇 달 동안 한 발짝도 나오지 않으며, 밤과 낮을 완전히 바꾼 생활을 하고, 가족 누구와도 눈을 맞추지 않으며, 뭘 해달라거나, 무엇이 싫다거나 하는 욕망의 표현조차 하지 않은 아들이, 힘들게라도 아침에 침대를 벗어나 세수를 하고 가방을 들고 학교를 갔다가 집에 오는 그 평범함의 회복이 얼마나 대견하고 감사한 일이었는지 모른다. '한 번 거리로 나간 아이들이 다시 학교로 돌아오는 일은 매우 드문 경우'라는 선생님의 말을 들으며 나도 모르게 '하느님 감사합니다'라고 잘 믿지도 않는 신에게 기도를 드리기도 했다.

그러나 사람이란 참으로 간사하다. 말 타면 경마 잡히고 싶다더니, 아이가 학교를 가는 것을 보니 '이왕이면 공부를 더 열심히 했으면' 하는 바람, 그래서 '수도권에 있는 대학이라도 간다면 얼마나 좋을까' 하는 희망, 게다가 '제 방 청소도 잘하고 가족과도 더 살갑게 굴었으면' 하는 기대감이 스멀스멀 생긴다. 그리고 당연하게도 번번이, 그 바람과 기대감은 서운함과 상호 간의 묘한 갈등 따위의 흔적만을 남긴다. '왜, 너는 여전히 이리 철이 안 드는 거야?' 따위의 속말을 나 혼자 삼키며.

2.

나는 내 가족은 자살 위험이 전혀 없다고 마음속 깊이 믿었다. 내가 그들을 사랑하기 때문에, 우리 사이가 친밀하기 때문에, 혹은 내가 빈틈없고 민감하고 다정한 사람이라 안전하게 지킬 것이기 때문에 그렇다고 믿었다. 자살은 다른 집에서나 일어난다고 믿는 사람이 나 혼자는 아닐 것이다. 그런데 내 생각은 틀렸다.

– 수 클리볼드, 『나는 가해자의 엄마입니다』

정말 틀렸다. 1999년 4월, 수 클리볼드의 열일곱 살 아들 딜런 클리볼드는 친구 에릭과 함께 콜럼바인 고등학교에서 총을 난사해 13명을 살해하고 24명을 부상 입힌 후 자살했다.

가슴이 찢어지는 고통이라는 것이 비유가 아니라 묘사라는 것을 온몸으로 실감하게 되는 어머니 '수'의 지옥의 시작은 긴급상황을 알리는 남편의 전화였다. 그 지옥의 17년을 더없이 진솔하고 치열하게 기록한 책 『나는 가해자의 엄마입니다』 역시 1999년 4월 20일 오후 12시 5분에 울린 전화에서 시작한다.

갑자기 죽어버린 아들의 시신을 확인하기 전에, 이미 이웃과 세상의 적이 되어버린 딜런의 부모들은 몰래 친척 집에 숨어 들어가, 키우는 고양이에게 밥을 주는 행동 외에 할 수 있는 것이 아무것도 없다.

하루 이틀 시간이 지나면서, 엄마가 경험하는 것은 충격의 세계이며 부정의 자기 본능이다. '내 아이가 그럴 리 없다는 생각, 세상이 거짓말을 하고 있다는 의심, 너무나 순하고 착해서 말썽 한 번 피우지 않고 자란 아이에 대한 완전한 믿음, 행여 내 아이가 총을 쐈다고 해도 그것은 친구의 강요에 의한 단순 가담일 것이라는 희망' 등이 현실 부정의 정체들이다.

그런 부정의 시간에도 불구하고, 사건의 전모가 밝혀지면서 사전 모의하는 장면이 비디오 증거물로 수집되고 총격 현장 CCTV까지 부모에게 공개되면서 엄마는 자신이 알고 있던 아들과 화면 속 아들이 전혀 다른 사람임을 목격하게 된다. 인종차별과 비열함과 공격적으로 사람에게 총을 쏘는, 내 아들의 얼굴을 한 악마, 그리고 그 악마가 인정하고 싶지는 않지만 자신의 아들이었음을 받아들일 때 그녀는 다시 한번 죽은 아들에 대한 애도의 과정을 갖는다.

'아들아, 미안하다, 엄마를 용서해다오. 네가 이렇게 될 때까지 엄마는 아무것도 알지 못했구나.'

그 이후 엄마는 '왜'에서 '어떻게'로 접근의 전환을 한다. '왜 내 아들이 그런 일을 벌였지?'라는 의문과 추리에서 '내 아들이 어떻게 그런 일을 벌일 수 있었으며, 어떻게 했다면 그 일을 막을 수 있었을지'를 고민하고 연구하고 통찰한다. 세상 사람들이 모두 제멋대로의 전문적인 진단으로 '왜'로 접근해서 나름의 이유를 끄집어내고 있었지만 그것은 그저 이유를 모르겠으면 만들어서라도 제시해야 안심하고 다음 뉴스로 넘어가는 세속의 강박일 뿐, 엄마는 그런 방식이 그저 허방을 딛는 무의미한 짓이란 것을 깨닫는다. 내 아들이 그 엄청난 일을 어떤 과정을 통해, 어떻게 준비했고 진행했는가를 탐구하고, 수많은 책을 읽고 신경과학자와 심리학자와 자살연구가를 만나면서, 그녀가 내린 결론은 이런 것이다.

부모가 아무리 두 눈을 시퍼렇게 뜨고 있어도 아이가 사고를 치거나 자살하는 것을 완전히 막을 수는 없다. 그러나 아이가 눈과 심장의 문제처럼 뇌 건강에 문제가 있을 수 있다는 것을 자연스럽게 받아들일 수 있다면, 그리고 그러한 문제는 어떤 아이에게도 나타날 수 있는 질병이라고 한다면, 우리는 그 징후를 좀 더 세심하게 관찰하면서 예후를 살피고 자살이나 사고로 이어지는 것을 줄일 수 있다.

혹자는 이 책을 손이 떨려서 읽지 못할 것 같다고 말한다. 450쪽이 넘는 책을 보면서 나도 그랬다. 그러나 좌절과 고통과 분노와 회피와 수용과 통찰의 모든 과정을 다 담아냈기에 그 끝에서 만나는 수 클리볼드의 결론이 더없이 값지고 건강하며 감사하다.

3.

2016년에 발간한 나의 아버지 관련 책은 그해 '세종도서'로 선정되더니 2017년에는 '경남 우수도서'로 뽑혔다. 아들의 방황과 그 속에서 흔들리는 우리 집의 이야기가 담겨 있는 이 책이 이렇게 공감과 사랑을 받은 이유는 세상의 모든 부모가 중하든 경하든 자식과 전쟁을 치르고 있기 때문일 것이다. 경남 우수 도서 선정 이후 경남 소재 도서관에서 작가 강연 초청을 많이 받았고, 나는 '그렇게, 부모가 된다'라는 제목으로 독자들을 만났다. 역시 강연을 찾은 사람들은 대개가 아이를 키우는 부모들이었고 나는 내 책의 이야기, 아들의 이야기, 그리고 아버지로서의 내 혼돈과 방황을 이야기했다.

강연 말미에 몇 개의 질문을 받았는데 거의 빠지지 않는 물음은 "왜 아들이 집을 나간 건가요?"라는 것이었다. 역시 사람들은 14개월 동안 아들을 집을 나가게 한 그 이유가 가장 궁금했던 것이고, 나는 솔직하게 '모르겠다'라고 답변했다. 그리고 『나는 가해자의 엄마입니다』의 441쪽을 읽어줬다.

> '왜' 대신에 '어떻게'라고 물으면 자기 파괴적인 행동에 빠져드는 과정을 그 자체로 규명할 수 있다. 어떻게 자신이나 다른 사람을 해치는 길에 접어들게 되는가? 어떻게 해서 뇌에서 자기통제, 자기보존, 양심 등의 도구를 사용할 수 없게 되는가? (중략) '왜'만 물으면 무기력한 상태로 남는다. '어떻게'라고 물으면 앞으로 나아갈 길이 보이고 어떻게 해야 할지 알 수 있다.
>
> — 수 클리볼드, 『나는 가해자의 엄마입니다』

전혀 예측을 벗어나는 사춘기 아이들 앞에서 부모들은 좌절하고 무엇을 어떻게 해야 하는지 몰라 전전긍긍한다. 부부가 서로를 탓하기도 하고 애써 이 현실을 외면하기도 하며 아이에게 물리력을 행사하고 그로 인해 관계가 더 악화되기도 한다. 이럴 때 수 클리볼드가 말하는 '어떻게'의 처방은 내 경험상 확실히 지혜로운 묘수가 될 수 있다.

'다른 집 애들은 학교도 잘 가고 공부도 알아서 잘하고 부모 말도 잘 듣는데 넌 도대체 왜?!'가 아니라, '어떻게 네가 게임에 중독되고 있었는지, 어떻게 네 마음이 그토록 무기력하게 변하고 있었는지, 어떤 뇌의 작용이 너를 연민이나 동정과 같은 감정에도 둔한 반응을 만들어내는 것인지, 어떻게 하면 너에게 도움을 줄 수 있는 것인지, 어떻게 하면 네가 더 편하고 행복한 성장의 시간을 갖게 할 수 있는 것인지, 어떻게 하면 너 역시 힘이 들고 아프다는 것을 아빠가 제대로 공감할 수 있는 것인지'를 생각할 때, 나와 아들의 관계는 그나마 무리 없이 소통되었기 때문이다.

비록 아직도 가야 할 길이 많이 남아 있다고 해도, 그리고 그 길의 끝이 있기나 한 것인지를 여전히 모른다고 해도, '어떻게'의 답이 쉽게 나오지 않는다 해도, '망할 놈'이라고 속으로 한번 외친 후, 아들의 안녕을 위해 기도하는 수밖에.

내 영혼의 올리브기름

1.

　나에게 글쓰기는 치유이자 명상이다. 무언가가 뒤엉켜 있을 때, 미래가 너무 불안해 우울증에 걸릴 지경일 때, 새 문서 창을 띄워놓고 글을 쓴다. 지금 내가 느끼는 감정을 쓰고 왜 이런 일이 벌어졌는지를 쓴다. 오타와 맞춤법 따위는 신경 쓰지 않는다. 쓰다 막히면 욕이라도 쓴다. 가래로 염전 바닥을 밀고 나가는 소금꾼처럼 그렇게 돌아보지 않고 죽죽 쓴다. 이것이 나의 '털어내는 글쓰기'의 원칙이다.

　그렇게 하고 나면 한결 생각이 정돈된다. 실제와 망상이 구별된다. 습관적인 나의 패턴이 눈에 들어온다. 나와 사건이, 나와 내 감정이 들러붙어 있다가 떨어진다. 언제나 나는, 불과 30분의 글쓰기로 얻게 되는 감정의 목욕 효과에 깜짝 놀란다.

또 다른 방식은 인생 회고록을 짬짬이 쓰는 것이다. 방법은 간단하다.

잠시 눈을 감는다. 세 번 정도 심호흡을 한다. 들숨과 날숨에만 마음을 집중한다. 이때 어떤 기억이든 떠오르는 대로 맞이한다. 먼 기억이든, 가까운 기억이든 상관하지 않는다. 기쁜 것이든 슬픈 것이든 역시 차별하지 않는다. 그냥 문득 찾아오는 손님을 맞이하는 여인숙의 역할만 한다. 그리고 그 기억을 쓴다. 원칙은 '털어내기'와 동일하다. 뒤돌아보지 않고 앞으로만 나아간다. 그렇게 하나의 기억을 서사의 형태로 마무리한 후, 그것이 몇 살 때 일어난 일인지를 기록한다.

예를 든다면,

1974년(9세)

화재로 집이 다 탄 후 새로 지은 집에서 참 좋았던 것은 텔레비전이 생겼다는 것이었다. 19인치 금성 텔레비전이었는데 마을의 유일한 텔레비전이었고 생계에 거의 무능했던 아버지는 방송업에는 재능이 있으셨는지 사람들에게 10원씩

받고 텔레비전을 보여주는 사업적 수완을 발휘하셨다.

아버지는 기차에서 훔쳐온 재떨이를 돈 통으로 활용하면서 사람들을 안방에 입장시켰고 나는 안방극장 사장의 막내아들로 격상된 신세를 자랑스러워하며 가장 좋은 자리 혹은 내가 좋아하는 사람의 옆에 앉아서 '인간 팔자 시간문제'임을 몸소 느끼고 있었다.

특히 김일의 레슬링이나 「타잔」 등이 방영하는 날에는 안방이 터질 듯이 사람들이 몰려왔는데 방에는 퀴퀴한 고린내, 사람들의 방구 냄새 등이 떠다녔으며 10원은 시간제한이 없는 무제한 시청권이었기에 사람들은 조금이라도 더 텔레비전을 보려고 졸음으로 짓눌리는 눈꺼풀을 까뒤집으며 텔레비전을 보는 사투를 벌이다가 목이 꺾이면서 방 벽에 뒤통수를 쿵쿵 박는 불상사가 생기기도 했었다. 아무튼 지금 생각해보면 이때의 아버지가 내게는 가장 위대한 사람으로 보였다.

이것은 무의식을 더듬는 여행이며 내 역사를 정리하는 작업이다. 남은 삶을 어떻게 살아야 하는지도 자연스럽게 생각하게 된다. 이런 에피소드가 원고 마감에 쫓기는 어떤 날에는 귀한 소재 창고가 돼주기도 한다. 그리고 사회생활의 폭이 넓어지면서, '좋은 일은 가지 못해도 슬픈 일은 찾아다닌다'는 관계의 원칙을 지키고자 빈번히 방문하는 누군가의 장례식장에서, 나는 느닷없이 인생 회고록의 중요성을 확인한다.

고인에 대한 추모라고는 육개장 그릇만큼도 존재하지 않는 것이 한국의 장례식장 풍경이다. 그곳은 동창회장이고 직장의 올드 멤버 회합의 장이고 더러는 화투와 포커판이 벌어지는 장이다. 비록 여러 권의 책을 출판했지만, 나는 내 유언 하나를 이곳에서 완성한다.

"나 죽거든 내 인생 회고록 스무 권을 제본해서 파티션 한 곳에 놓아두고 가족들이랑 친구들이랑 잠시라도 영정 속 인간을 낄낄거리며 추억하면 좋겠다."

2.

인생 회고록을 쓰다 보면 이런 의문이 든다. 내가 기억하는 나의 사건들이 모두 사실일까?

아닐 것이다. 세부적으로 들어갈 때 상당 부분을 잘못 기억하고 있을 확률이 높다. 텔레비전은 19인치가 아니었을 수도 있고, 밤 10시면 안방에서 강제 퇴장을 당하는 구조였을 수도 있으며 그것은 아홉 살의 기억이 아닐 수도 있다.

사람은 자기 방식대로 기억을 조작해낸다. 인간의 기억을 믿느니, 양치기 소년을 믿는 것이 낫겠다는 생각을 나는 종종 한다. 초등학교 동창회에서 하나의 사건을 저마다 다르게 기억하는 것을 볼 때, 나는 말한 기억이 없는데 그렇게 말했다고 확신하며 주장하는 내 주변의 사람들을 볼 때, 기억이 얼마나 장난질을 많이 하는지를 실감한다. 청문회 등에서 동일 사건 속 두 사람이 전혀 다른 방식으로 과거를 소환해낼 때, 누구 한 사람은 분명 거짓말을 하거나 혹은 둘 다 사실을 말하고 있다고 생각할 수 있다. 자신조차 속이는 완전범죄, 그것이 기억이 가지고 있는 속성이다. 인간의 뇌가 가지고 있는 오류의 한계다.

이것을 인정하지 못할 때 비극은 시작된다. 나의 특별하고 우수한 뇌의 능력을 과신하는 순간, 나만 진실을 말하는 사람이며 다른 사람은 모두 거짓말쟁이가 된다. 세상에 믿을 놈 하나 없게 된다. 소통은 안드로메다로 간다. 회사의 상하 관계의 갈등 중 하나는 상관은 '시켰다'고 하고 부하는 '들은 적 없다'고

할 때이다. 상관은 자기가 착각할 수도 있다는 것을 절대 인정하지 않으려 하고 부하는 상관이 힘으로 억지를 부린다고 생각한다. 부부 사이에는 서로를 향해 '치매'라고 하고 부모 자식 간에도 진실 공방으로 한 번씩 전쟁을 치른다. 특히 유난히 기억력이 좋다고 자부심을 가진 사람의 경우, 내 기억만이 절대적으로 옳다고 생각할 확률이 높다.

3.

기억은 영화와 문학의 좋은 재료다. 크리스토퍼 놀란 감독의 영화 「메멘토」(2000)가 우선 떠오른다. 제 몸에 문신을 새기며 일어난 사건을 영원히 기억하려고 하지만 문신 역시 자기 해석에 오염된 조작의 결과물이다. "Memory is not a record but an interpretation(기억은 기록이 아니라 해석이다)." 이 영화를 한 문장으로 압축한 명대사다.

미셸 공드리 감독의 영화 「이터널 선샤인」(2005)에서는 주인공이 아예 기억을 지워버린다. 사랑을 추억하지 않기 위해 기억을 리부팅하고 새롭게 태어난다. 그런들 뭐하나. 만날 사람은 어쨌든 계속 만나게 되는 것을. 끌림은 기억 따위의 흔적으로 어쩔 수 없는 본능적 화학반응이라는 것을 영화는 말한다.

아리 폴만 감독의 「바시르와 왈츠를」(2008)에서는 보고 싶지 않은 것을 보게 하는 것이 기억이라고 말한다. 전쟁 트라우마로 삭제된 레바논 학살 사건의 개인적 기억을 끝내 떠올리는 과정은 달리 말한다면, 기억의 윤리학이다.

문학에서는 줄리언 반스의 장편소설 『예감은 틀리지 않는다』가 가장 먼저 생각난다.

환갑의 토니 웹스터에게 편지 한 통이 날아오면서 기억 여행이 시작된다. 소년 시절과 친구들, 사랑했던 여자와 그 여자의 집에 머물렀던 한 달의 시간. 그러나 그 여자는 토니가 가장 흠모했던 친구 중 한 명과 눈이 맞고 교제를 허락해달라는 그들의 편지에 '신중하게 잘 사귀고 행운을 빈다'라는 회신을 보낸다. 그러나 과연 40년 전 그 답신의 기억은 얼마나 정확한 것일까?

돌이켜보면, 모든 것은 자신이 쓴 소설이었다는 것을 주인공은 깨닫는다. 여자 친구에 대해, 그녀의 어머니와 가족 관계에 대해, 편지의 내용에 대해, 자신의 전처와 딸에 대해, 친구의 죽음에 대해, 친구의 아들에 대해, 그리고 그 모든 기억에 대해 그는 자기 보존 본능을 위한 소설을 쓰고 있었던 것이다.

크리스토퍼 놀란 감독의 영화 「인터스텔라」(2014) 속 서재 뒤 편의 차원 다른 공간처럼, 사실과 다른 해석의 세계를 사는 사람이 과연 이 소설 속 주인공만일까? 그랬다면 이 소설이 보편성과 공감이라는 독자들의 전폭적 지지를 확보하지 못했을 것이다. "그러나 결국 기억하게 되는 것은, 실제로 본 것과 언제나 똑같지는 않은 법이다."라는 소설 속 문장은 독자 누구든 인정하는 자신의 경우이다.

기계처럼 영민한 작가 줄리언 반스는 등장인물의 입을 통해 대사 형식의 문장을 지뢰처럼 박아놓으면서 전체 서사의 흐름을 암시하거나 이후 인과관계의 단서로 활용한다. 그것을 숨은 그림처럼 꼼꼼히 찾아보면서 이 소설을 읽는 재미는 특별하지만 역시나 책장을 다 덮었을 때 스스로에게 던지는 질문은, 내 해석의 방식으로 구축된 기억이라는 것을 얼마만큼 신뢰할 수 있는가에 대한 한없는 의심이다.

4.

내 기억도 믿을 놈이 아니라는 것을 받아들이는 것은 생각보다 훨씬 쉽지 않은 일이다. 자존심도 상하고 뭔지 모르지만 이유 없이 손해 보는 기분이다. 그러나 가만히 생각해본다면, 우리가 살아온 삶 속에서 우리는 하나의 패턴으로 관계의 페이지를 마무리해오지 않았는가? 그 사람은 나쁘고 나는 옳고, 그는 가해자이고 나는 억울한 피해자이고, 그때 상황은 이러했고, 그 상황 속에서 나는 어쩔 수 없었고, 그리하여 나는 평생 그를 보지 않을 것이고, 세상은 좋은 사람 만나면서 살기도 시간이 없는데 나쁜 인간들은 잊어야지, 운운하면서 내 중심의 알리바이로 기억의 서랍 속에 케이스들을 저장해오지 않았는가?

그런 방식이 과연 우리에게 무엇을 줄 수 있었을까? 당시의 혼란스럽고 억울한 마음을 진정시켜주는 효과는 있었겠지만, 이제 돌아와 거울 앞에 선 나이가 된 지금, 한 번쯤 입장을 바꿔서 생각해보거나 아예 자신의 기억을 불신할 수 있다면 여전히 해소되지 않은 특정인에 대한 서운함과 미움이 걷어지지 않겠는가? 그리하여 훨씬 삶이 편안해질 수 있지 않겠는가?

다른 것을 다 떠나서, 제 삶의 기억을 조금도 의심하지 않고 무덤에 들어가는 사람들이 대부분일 터, 개인의 삶이 착각 속에서 마무리될 수 있다는 끔찍함을 벗어날 수 있다는 것만으로도 자기 기억에 대한 의심은 시도해볼 만한 가치가 있다. 그

의심을 통해 명확한 답은 나오지 않더라도, 내 기억과 판단이 어쩌면 틀릴 수도 있다는 생각 정도만으로도 내 영혼에 올리브 기름 한 통을 붓는 유연하고 유용한 일이라고 나는 생각한다.

나이가 들면 기억과 관련해서 점점 더 가족, 친구, 직장 사람들과 충돌이 늘어날 것이다. 올리브기름을 두른 사람은, 그냥 편하게, '내가 잘못 기억하고 있나 보네'라고 쿨하게 넘어갈 수 있다. 그렇다고 세상이 멸망하거나 집안이 망하는 일은 생기지 않을 것이다.

그러고 싶어 그러는 사람은 없다

1.

매주 토요일이면 동호회 사람들과 테니스를 친다. 벌써 9년째이다. 춥든 덥든 다 같이 땀을 흘리고, 운동 후에 맥주나 막걸리를 함께 마시는 것이 즐겁다. 그러나 운동이 내 맘처럼 되지 않거나, 실력이 계속 제자리걸음일 때는 스트레스도 받는다.

가장 큰 짜증은 복식 파트너가 완전한 득점 찬스에서 실수를 하거나, 힘자랑하듯이 공을 세게 쳐서 번번이 아웃을 시킬 때이다. 그나마 그이가 나보다 실력이 더 좋은 에이스라면 참을 만한데, 나보다 구력도 짧고 공을 못 치는 사람이라면, 잔소리를 하거나 교정을 해주고 싶은 마음이 굴뚝이다. 남 탓하지 말고 게임에만 집중하자며 스스로 마음을 다잡아봐도, 파트너가 똑같은 실수를 하면 공을 주우러 가면서 머리가 복잡해진다. '저 사람이 일부러 나를 골탕 먹이려고 저러나', '왜 이 아까운 시간에 내가 스트레스를 받으며 공을 쳐야 하지' 등등의 생각들이 주마등처럼 스쳐 지나간다. 당연히 운동이 즐거울 리가 없다.

2018년 또 하나의 취미 생활을 추가했다. 남성 합창단에 들어간 것이다. 몇 년 전 방송된 「남자의 자격 – 합창편」을 보면서 버킷 리스트에 '합창'을 올려놓았다. 그래서 덜컥 합창단에 가입했고, 매주 화요일 저녁이면 빠짐없이 연습을 하러 갔다. 실업 고등학교에서는 음악을 배우지 않았으니, 중학교 이후 처음 만나는 악보는 생소했고 베이스 파트라는 것도 생경했으며 가끔 라틴어로 노래할 때는 머리에 쥐가 나기도 했다.

신입 단원이니 행여 민폐라도 끼치면 어쩌나 싶어서, 출퇴근 차 안에서, 잠들기 전 침대에서, 강아지와 산책길에서 항상 연습곡을 듣고 악보를 보며 연습했다. 심지어 보컬 학원에 등록해서, 성악 발성 레슨까지 받았다. 그 노력 때문이었는지, 아니면 타고나길 남 눈치에 둔감하고 주저함이 없는 성격 때문이었는지, 수십 년 합창단을 한 분들 속에서 비교적 빨리 자리를 잡을 수 있었다.

주변에서 베이스 파트 소리가 좋아졌다는 칭찬을 들을 즈음에, 신입 단원이 들어왔다. 나이가 많으니 '형님'이라 불렀고, 나와 같은 파트였으니 연습할 때는 바로 내 앞에 앉았다. 그런데 그가 번번이 음을 이탈했다. 처음이라 그런가 보다 이해했는데, 매주 그러는 걸 보면서, 첫 음을 내거나, 음폭이 큰 노래에서는 제 음정을 잡지 못한다는 것을 알았다.

하나의 목소리를 내야 하는 합창에서, 누군가 다른 소리를 낼 때, 그 불협화음은 매우 듣기 싫다. 그것도 매번 같은 실수를 하게 될 때면, 뒤에 앉은 나로서는 연습에 집중을 하지 못할 정도로 신경이 예민해진다. 테니스공을 주우러 갈 때와 비슷한 짜증이 올라온다. 일을 마치고 피곤한데도 연습을 하러 왔고, 틈만 나면 노래를 익히려고 이어폰을 끼고 살았는데, 저이 때문에 이 모든 것이 다 엉망이 되고 있다는 억울함과 묘한 분노로 마음이 지옥이 된다.

그런데 불행 중 다행이라고 해야 할까? 테니스에서도, 합창단에서도, 속앓이만 하는 나와 달리 기어이 그것을 입 밖으로 내는 사람들이 있다. 자기 파트너가 공을 못 치면 그 자리에서 잔소리를 하고, 심지어 라켓을 던지기까지 한다. 신입 단원이 자꾸 음을 틀리면, 화를 내면서 아예 목소리를 내지 말라고 코치를 한다. 연습 후 술자리에서는 더 노골적으로 대놓고 비난한다.

그런데 참 이상하다. 나 대신 야단을 치니 속이 시원해야 하는데, 오히려 실수한 사람을 쥐 잡듯이 잡는 기 센 사람들에게 더 불편한 감정이 생긴다. '자기는 뭘 얼마나 잘한다고?' 같은 심통도 올라온다. 사실은 지적하는 이들이 다름 아닌 내면 속의 바로 나여서, 투사의 과정에서 내가 나에게 불편해지는 것이다.

2.

반면교사反面教師라는 한자성어가 있다. 본이 되지 않는 남의 말이나 행동이 도리어 자신의 인격을 수양하는 데 도움을 주는 경우를 이르는 말이다. 나이가 들어서 취미 활동을 한다는 것은, 결국 자기 수행을 하는 것이라는 생각을 하게 된다. 나는 열심히 하는데 동료는 그러지 않은 것 같다는 '본전 생각'과 나는 잘못이 없고 저 사람만 잘못이 있다는 '남 탓하는 습관'이 속 좁고 포용력 없는 마음으로 보인다. 노추老醜의 대표적 모습이라는 생각도 든다. 반면교사의 교훈은 실수한 사람에게가 아닌 자기 성질을 이기지 못해 그것을 지적하는 사람을 통해 얻고 있는 것이다. 다시 말하지만, 내면의 나에게서 말이다.

따지고 보면, 실수를 하고 싶어서 하는 사람은 아무도 없을 것이다. 상대의 공을 받지 못하는 사람도 그 공을 일부러 못 받을 리는 없다. 잘하고 싶은데 안될 뿐이다. 노래를 자꾸 틀리는 사람 역시 가장 속상한 것은 본인일 것이다. 주변에 눈치도 보이고 포기하고 싶은 마음도 무수히 생겼겠지. 내 눈에 성이 차지 않는 게 세상 사람들이고, 내 맘대로 되지 않는 게 세상일인 것 같다. 식당의 음식은 늦게 나오고, 주차장에 차들은 어긋나게 서 있고, 배우자는 번번이 뭔가를 잊어버리고, 나쁜 습관을 고치라고 잔소리를 해도 자식에게는 쇠귀에 경 읽기이다.

그럴 때, 내 마음에 평화를 주는 방법은 '그 사람도 잘하려고 했겠지. 다만 잘 안되었을 뿐이지'라고 생각해보는 것이다. '그러고 싶어서 그러는 사람은 없다'라는 말을 주문처럼 되새기면서 말이다. 문학 속에서 이것을 제 주머니 속 동전 꺼내듯, 너무나 자연스럽고 편안하게 실천한 소년이 있다. 에밀 아자르의 장편소설 『자기 앞의 생』의 주인공 모모다.

3.

모모는 불행한 환경에서 태어났다. 어머니는 창녀, 아버지는 포주, 그마저도 아버지는 어머니를 살해하고, 교도소와 정신병원을 전전한다. 자기의 출생에 대해 아무것도 모른 채, 모모는 로자 아줌마에게 맡겨져 다른 창녀들의 아이들과 함께 자란다. 모르는 것은 엄마, 아빠의 얼굴만이 아니라 자기의 실제 나이다. 열 살로 알았는데 소설의 말미에서 자신이 열네 살임을 알게 된다. 좀도둑질을 하고, 병든 로자 아줌마와 살아가지만 모모는 인간으로서의 따뜻함과 순수함을 잃지 않는다. 사람과 사물에 대한 편견 없는 수용성은 거의 모모의 전매특허다.

아프리카와 아랍계 등의 하층 민중들이 살고 있는 비숑 거리에서 모모는 자기의 우산에게 '아르튀르'라는 이름을 붙여주고, 동성애자 롤라 아줌마를 따르며, 노망이 들어가는 하밀 할아버지를 존경하고, 로자 아줌마가 죽었을 때 시체 옆에서 3주 동안 함께 있는다.

그는 남 탓하지 않고 무언가를 차별하지 않고 누군가를 질책하지 않는다. "흑인들은 고생을 많이 했기 때문에 가능한 한 그들을 이해해주어야 한다."라거나 "몸 파는 여자들도 때로는 세상에서 가장 좋은 엄마가 될 수 있다." "유대인들도 다른 사람들과 똑같은 사람들이라고 생각한다. 그 때문에 그들을 비난해서는 안 될 것이다." 심지어 "나는 때로 콜레라를 변호하고 싶었다. 적어도 콜레라가 그렇게 무서운 병이 된 것은 콜레라의 잘못이 아니기 때문이다. 콜레라가 되겠다고 결심해서 콜레라가 된 것도 아니고 어쩌다 보니 콜레라가 된 것이니까."와 같은 독백을 보면 세상 만물을 바라보는 모모의 시선이 '그러고 싶어서 그러는 사람은 없다'라는 것에 얼마나 많이 닿아 있는지 선명하게 알 수 있다.

로맹 가리와 동일 인물이었다는 것이 사후에 밝혀진 에밀 아자르는 하밀 할아버지가 모모에게 들려주는 말을 통해 이런 메시지도 전한다.

"완전히 희거나 검은 것은 없단다. 흰색은 흔히 그 안에 검은색을 숨기고 있고, 검은색은 흰색을 포함하고 있는 거지."

– 에밀 아자르, 『자기 앞의 생』

나와 타인에게 똑같이 있는 양면성, 누구든 실수할 수 있다는 마음, 그리고 실수하는 사람 중에 '그러고 싶어서 그러는 사람은 없다는 것, 나는 늘 그것을 기억하려고 한다. 그리고 그 기억이 흐릿해질 때마다 모모라는 열네 살 소년을 떠올릴 것이다.

나중에 말할 테니 지금은 이해해줘

어어, 하는 사이에 전세가 이상하게 흘러가더니 상황이 종료
되는 경우가 있다. 웃으면서 악수하고 헤어졌는데 뭔가 찜찜한,
포청천 귀신이 자꾸 "1 대 0"이라고 비웃는 듯한 느낌을 받는
경우도 있다. 그 남자들의 사정과 같은, 이런 경우.

사례 1

A씨는 공부 모임에서 만났다. 우리는 스스럼없이, 그러나 서
로에 대한 예우를 잃지 않고 3년 정도 좋은 관계를 유지했다.

모임 사람들은 우리를 단짝이라 불렀다. 그가 본격적으로 자신의 꿈을 이루겠노라며, 안정된 직장까지 그만두고 자격증 시험 준비를 시작했을 때 나는 진심으로 그를 응원했고 기도했다. 다행히 그는 합격했고 우리는 긴 통화로 기쁨을 함께 나눴다. 나는 시험 준비로 계속 빠졌던 그에게 다음번 모임 일정을 알려줬고 그는 모두에게 한턱을 쏘겠다고 전해달라고 했다.

그리고 연락이 되지 않았다.

문자를 해도 답이 없었고 메신저를 해도 읽기만 했고 전화를 하면 받지 않았다. 어느 순간부터는 아예 전화기가 꺼져 있기도 했다. 걱정되기도 하고, 내가 무슨 실수라도 한 게 아닌가 염려가 되기도 했다. 어쨌거나 마음이 영 편하지 않았다.

무라카미 하루키의 장편소설 『색채가 없는 다자키 쓰쿠루와 그가 순례를 떠난 해』 속의 주인공은 죽고 못 살던 절친한 친구 네 명에게 영문도 모른 채 버림받고, 거의 6개월을 죽음만을 생각하며 살았다는데, 그 마음이 진정 이해됐다. 다행히 나는 6일 만에 고통에서 나왔다. 다른 회원을 통해 전해 들은 그의 소식 덕분이었다.

"다른 일로 A씨와 통화했는데, 다음 모임에도 불참한다고 하던데?"

그를 향한 내 걱정과 자책은 순간 분노와 모욕감과 배신감으로 변해버렸다. '누구 연락은 쉽고, 누구 전화는 받는단 말이지? 나에게는 한턱을 쏜다고 하고 다른 사람에게는 나오지 못한다고 했다는 거지?'

그를 향해 쌓은 3년의 신뢰를 허무는 데는 3분도 걸리지 않았다. 나는 애써 흥분을 감추며, 최대한 쿨함으로 위장한 채, 그에게 문자 한 통을 보냈다.

"전화도 안 받으시고 이제 저도 연락 안 할게요.ㅎ 저 혼자 의미를 둔 인연이었나 본데 샘은 귀찮으셨나 보네요. 편안하세요."

A씨에게 연락이 온 것은 3개월이 지나서였다. 그는 3개월 내내 세상에 나오지 않았다고 했다. 모든 것을 걸고 어렵게 자격증을 땄는데, 정작 구직을 하려고 하니 나이 제한에 걸려서 100군데 정도에 낸 이력서를 모두 퇴짜 맞았다고 했다. 그 과정에서 그는 너무 큰 상처를 받았고 우울증까지 오는 바람에 누구든 보기 싫었고 세상만사가 다 귀찮았다고 말했다.

이제 기운을 차리고, 제일 먼저 나에게 연락을 했다는 말에 나는 한동안 고개도 들지 못한 채 나의 경망함을 반성했다. 얼마 후 내 입에서 나온 말은 "미안하다."였다. "이제라도 용기를 내줘서 고맙다."는 말도 잊지 않았다.

사례 2

　B씨도 그랬다. 사적으로는 사회 친구였고 공적으로는 같은 프로젝트를 하는 관계였는데, 언제부터인가 꽉 막힌 도로를 달리는 자동차처럼 소통의 정체 상태가 반복됐다. 그것은 아마, 우리가 꽤 친해졌다는 암묵적인 느낌을 교감한 이후였던 것 같았는데, 일과 관련된 것을 쉽게 펑크 내고, 약속 시일을 어기는 일도 잦아졌다. 그렇다고 닦달하거나 정색하고 이야기를 할 수 없었던 것은, 술 한잔 같이 마시게 되면 어느새 '헤헤헤' 하고 있거나 '헤헤헤' 하고 나면 '다 이유가 있었겠지 뭐'와 같은 마음이 생겼기 때문이다.

　그러나 지난번에는 달랐다. 사안도 엄중했고 약속 파기도 상습적이었으며 불통은 너무 오래였다. 차마 말로는 못하겠기에, 몇 번의 재촉 문자를 보냈으나 돌아오는 것은 무응답이었다. 우정이고 애정이고 이러다가는 일도, 사람도 다 잃겠다 싶었다. 나하고 일하는 것이 스타일에 맞지 않으면 솔직히 말해달라고 문자를 보냈다.

그날 밤늦게 그가 전화를 했다. 목소리는 지쳐 있었다. '집안에 문제가 있어. 아내가 사기를 당했어. 그래서 요즘 경황이 없었어.' 전화기 너머에서 풀 죽은 사내의 목소리가 들렸다. 경찰서에 제출했다며 고소장까지 메신저로 보내왔다. 하루 종일 그로 인해 속을 끓이던 나는, 다 죽어가는 목소리와 영문도 모른 채 엉겁결에 전달받은 증거물 사진 앞에서 죄인처럼 침묵했고, 어느새 열심히 그에게 문자를 타전하고 있었다. '기운 내, 잘될 거야. 힘든 일 있으면 언제든지 나에게 연락해.'

사례 3

모르는 남자의 사정도 이야기하자. 레이먼드 카버의 소설집 『대성당』에 수록된 소설 「별것 아닌 것 같지만, 도움이 되는」의 빵집 남자의 사정.

이틀 후로 다가온 아이의 생일을 위해 엄마는 빵집에서 케이크를 주문하고, 생일날 아침 아이는 등굣길에서 뺑소니 차에 치여 의식을 잃는다. 의사의 낙관적인 말과는 달리 아이는 깨어나지 않는다. 아이의 회복을 기도하며 부부가 집에서 잠시 휴식을 갖던 중 걸려온 의문의 전화.

'여기 가져가지 않은 케이크 하나가 있어요.'

전화는 반복되고, 남편은 상대를 미친놈으로 취급한다. 한편 아내는 '스코티(아들 이름) 잊어버렸소?'라는 전화를 받고, 병원에서 온 전화로 착각해 안절부절못한다.

하지만 결국 아이는 죽고, 이 전화의 주인공이 '주문한 케이크 좀 찾아가라'는 빵집 주인이라는 것을 알았을 때, 분노한 아내는 남편과 함께 빵집을 찾아간다. "빵장수들, 전화질도 아주 잘하죠. 이 나쁜 사람."이라고 폭발한 아이 엄마와 "부끄러운 줄 아세요."라고 탓하는 아이 아빠에게서 이틀 동안 일어난 불행한 사건을 알게 된 빵집 주인은 용서를 빌며 빵을 내온다. "뭔가를 먹는 게 도움이 된다오. 더 있소. 다 드시오. 먹고 싶은 만큼 드시오. 세상의 모든 롤빵이 다 여기에 있으니."

소설 속에서 아이를 잃은 부부는 미워했던 빵집 주인에게 위로를 받고 들어올 때와는 다른 마음으로 빵집을 나왔을 것이다. 현실 속에서 나는 A씨와 B씨에게 오해를 풀었고 지금은 표면적으로 잘 지내고 있다.

그런데 말이다. 뭔가 찜찜함이 남는다. 소설 속 빵집 주인의 입장에서 케이크를 주문해놓고 찾아가지도 않다가 나흘 만에 오밤중에 씩씩거리며 찾아온 부부는 진상 중의 '견犬진상'이었을 것이다. 그들을 향해 빵집 주인은 "아줌마, 나는 먹고살자고 이 안에서 하루에 열여섯 시간을 일합니다. (중략) 여기서 밤낮없이 일해야 겨우 수지를 맞출 수가 있어요."라고 말한다.

케이크 노쇼(No-Show)를 낸 고객에 대한 이 빵집 주인의 분노는 정당하고 밤에 일하므로 밤에 전화를 할 수밖에 없었던 상황은 타당하다. 그런데 빵집 주인은 죄인이 되고 용서를 빈다. 왜? 주인의 분노보다 고객의 불행이 더 막중했으므로. 그 막중함 앞에서 주인의 며칠 동안의 속 끓임과 무효화된 노동은 내밀지도 못한 채 폐기돼버리는 사정이 된다.

찜찜함과 '1 대 0' 의문의 패배, 그 정체는 이것이었던 것이다. 상대의 상황을 몰랐으므로, 알려주지 않았으니 모를 수밖에 없었으므로, 응당 생길 수 있었던 한 사람의 상처와 고통은 뒤늦게 시도된 상대의 해명으로 인해, 위로는커녕 오히려 속 좁은 자가 벌인 경솔한 행위 취급을 받는 것. 예전에 코미디언 정준하의 드립대로, '이것은 사람을 두 번 죽이는 것.'

이제 정리.

개떡같이 말하든 찰떡같이 말하든 말을 해야 의중을 알고 상황을 안다. 뱃속에 품고 있는 의중은 똥으로도 나오지 않는 무용함이다. '미안한데, 지금은 잠시 연락을 못합니다. 나중에 이야기하겠습니다.' 정도의 말 한마디로 족하다. 이것을 못하는 이유가 무기력이거나 바쁨이거나 경황없음이 될 수는 없다. 그 것은 그냥 '무신경한 것'이고 '관계적으로 미숙한 태도'다.

어른이 되고 사회생활을 시작하면서 나는 어쩌면 수많은 A씨, B씨를 만났을 것이다. 그러나 그때는 그냥 넘어갔을 것이다. 상 대는 나보다 상사였거나, 나이가 많았거나, '갑'이었거나 어쩌면 나도 무신경과 미숙함으로 누군가에게 그러했을 테니까. 그러 나 내가 노안의 지점에 도달하니 그때는 적당히 넘겼던 것들이 목에 탁 걸리고, 설령 삼켰더라도 영 소화가 되지 않는다.

빵집 주인의 경우처럼 아주 이례적인 상황이 아니라면, 대개 의 경우, 당신의 관계적 태만함이 상대에게 상처를 주고, 어이 없게도 그 상처받은 자가 사과를 하게 되는 이상한 일들이 벌 어질 수 있음을, 우리가 자주 생각하면 좋겠다.

마음의 상처는 경중을 따진 후 덜 위중한 것은 무시해도 좋 을 성질의 것이 아니다. 내가 아팠던 것은, 그냥 아팠던 것이다. 그 아픔은 너의 고통의 유무와 상관없이 당신이 준 것이고 내가 겪은 것이다. "나중에 말할 테니 지금은 이해해줘." 이 말 한 마디는 별것 아닌 것 같지만, 꼭 필요한 소통의 필수 언어이다. 특히 조금이라도 더 힘을 가진 쪽이라면 더욱 기억해야 할.

눈감아주는 배려

1.

설을 쇠고 집으로 돌아온 후 느긋하게 쉬고 있는데 밤 10시가 넘은 시간에 휴대전화가 울린다. 발신인에 작은형의 이름이 뜬다. "형이다." 목소리가 이미 취해 있다.

저녁에 사위가 와서 아들들과 함께 술을 한잔할 거라며, 자신의 집에 같이 가자고 한 것을 마다했는데 이미 거하게 드신 모양이다. 경험으로 예견컨대, 그가 할 말을 나는 이미 알고 있다. 이전부터 형은 자신이 하고 싶은 말들을 술의 힘을 빌려 거침없이 말하고는 했다. 잔정도 많고 가족들에 대한 애정도 각별했으나, 자신이 옳다고 생각하는 것만이 옳은 것이라고 확신하는 그의 태도와 취중의 독설은 늘 나를 경직시켰다. 그래도 어찌하나, 내 형인걸.

한 치의 오차도 없이 그는 "내가 하는 말을 고깝게 듣지 말거라."라는 말로 나의 예감이 적중했음을 암시했다. 그리고 본론이 시작되었고 5분이 지난 후부터 나는 전화기를 내려놓고 스피커폰으로 그의 음성을 듣기 시작했다. 마치 라디오에서 나오는 어떤 소리를 듣듯이, 나의 눈은 텔레비전을 향했고 어서 그의 훈계가 끝나기만을 기다렸다.

형은 '자신이 환갑을 넘어서도 자식들을 다 장악하고 살고 있지 않냐'며, 애들이 자기에게 잘하는 이유는 부모가 본을 잘 보이기 때문이라는 말과 함께 너의 아들이 지금 학교를 제대로 가지 않고 속을 썩이는 이유는 가장의 교육 방식에 문제가 있는 거라며, 네가 아무리 사회적으로 인정받고 똑똑하다 해도 가정 하나를 잘 꾸리지 못하면 실패한 인생이라는 말을, 술술술 쏟아냈다. 내가 아무런 반응을 보이지 않자 그는 내가 잘 듣고 있는지를 확인했고, 나는 말씀 다하셨으면 전화를 끊겠다는 말로 나의 인내심을 종결시켜버렸다.

그리고 그 밤, 나는 소주 한 병 반을 마시고 잠이 들었다. 형에게 다시 전화를 걸어, '당신 인생이나 잘 챙기라'고 따지고 싶은 마음이 굴뚝같았으나, 어쩌겠는가. 나도 늙어가고 형도 늙어가고, 죽을 때까지, 죽고 나서도, 내 형인걸.

아침에 형에게 문자가 왔다. "어제 두서없이 형이 한 말을 마음에 두지 마라. 내 동생의 가정이 행복했으면 하는 바람에서 한 말이니." 뭔가가 속에서 걸린 것은 본인도 마찬가지였나 보다.

세상의 모든 훈계와 일방적 조언은 듣는 사람을 위해서라는 명분을 겉으로 포장하고 있지만 그 안을 채우는 것은 오로지 자신의 욕망이다. 그냥 내가 하고 싶어서, 참지 못하겠으니까 하는 말일 뿐이다. 나의 조언이 너를 살찌게 하고 옳은 길로 인도하리라는 생각은 하는 사람의 오만한 착각이다. 1년에 한두 번 만나는 사람이, 내 가정과 내 아이들에 대해서 도대체 무엇을 그리 잘 알고 있으며 그 세부적인 속사정을 어떻게 알겠으며 내가 머리를 싸매고 고민하던 그 내용과 선택들을 헤아리기나 한 것일까? 더디지만 분명 조금씩, 자기 삶을 다듬어가는 내 아이의 변화와 그 대견함을 알고는 있는 것일까?

문자를 받고도 마음이 풀리지 않았지만 더 끔찍한 것은 바로 그 설날 아침, 오랜만에 만난 조카에게 했던 나의 말들이 계속 복기되었기 때문이다.

서른이 다 되도록 아직 대학을 졸업하지 못하고 있는 내 누이의 딸에게, 나는 현실적인 판단을 할 때라며 대학원에 갈 생각하지 말고 공무원 시험이나 준비하라고 말했다. 그 말의 끝에 나는 이런 토를 달았다. "외삼촌이 오랜만에 만나서 이런 말 하는 것 싫지? 그러나 엄마는 너에게 싫은 소리를 하지 않는 사람이니, 외삼촌이라도 해야 하지 않겠니? 그러니 삼촌 말을 서운하게 듣지 말아라." 아아, 내 형이 나에게 했던 말들은 모두 꼰대가 하는 말이고 내가 내 조카에게 하는 말은 꽃향기 나는 시라 생각하는 나의 이 착각을 어쩌면 좋다는 말인가?

2.

문학평론가 신형철의 에세이 『정확한 사랑의 실험』 속에는 이런 문장이 나온다.

기본적인 신뢰가 갖춰져 있는 조건하에서라면, 타인의 결여에 대해 취할 수 있는 가장 올바른 태도는 그것을 '배려'하는 것이 아니라 '무시'하는 것일지도 모른다.

— 신형철, 「정확한 사랑의 실험」

이곳에 밑줄을 그은 것은 이런 에피소드가 있었기 때문이다. '너 잘되라고 한다는 충고의 배려보다는 네가 먼저 손을 달라고 하기 전까지는 모른 척하겠어'라는 것이 올바른 태도라는 말에 나는 동의한다. 내가 갖고 있는 것을 다른 사람이 가지고 있지 못할 때, 그것을 억지로 채워주려는 말의 시도, 행위의 시도보다는 상대의 결핍을 보지 못한 척하는 것이 올바른 태도라는 말에도 나는 동의한다. 형제, 조카라는 혈연의 특수 관계를 기본적인 신뢰와 동의어로 본다면 무시는 신뢰가 가진 또 다른 얼굴일 것이고, 만일 신뢰하는가부터 의심이 든다면 충고보다 선행해야 할 일은 신뢰부터 구축하는 것일 테다.

잘 알지도 못하면서 '감 놔라, 배 놔라' 하는 것은 다시 말하지만, 내 속 시원하라고 남의 가슴에 못 박는 일이다. 뭔가라도 해야 가족이라는 생각이 든다면, 그냥 전화해서, 요즘 어떻게 사는지 묻고 조용히 들어주면 된다. 조카가 걱정이 된다면, '요즘 공부하느라 힘들지?'라고 말하며 어깨 한 번 두드려주거나 용돈 한 번 더 주면 된다. 그 과정이, 신뢰를 쌓는 길이다.

3장

시선

예민하고 사소하게

나이를 먹으면서 세상을 보는 시야
가 넓어지고 생각은 깊어지며 마음
은 넓어졌으면 좋겠다. 그러나 그 어
떤 철학이나 사상, 이념이나 가치보
다 개인들의 사소한 사정을 더 중히
여기고 예민하게 바라보는 시선을 갖
고 싶다.

디어 마이 올드 맨

어떤 드라마가 너무 재미있다고 하면 혹해서 몰아보기를 시작하는데 3회를 넘긴 드라마가 없다. 1회부터 보다 자고, 보다 자고 해서 거의 나 홀로 16부작을 만드는 판이니, 내게 드라마는 너무 호흡이 길고 인내심이 필요한 대상일 뿐이다. 최근 몇 년 동안 유일하게 전편을 본 드라마가 있다면, 「디어 마이 프렌즈(이하 디마프)」라는 작품이다.

신기한 것은, 보통 20분이 지나면 코를 골고 잠이 들었는데 이 드라마는 몰아 보다 밤을 꼬박 새웠다는 것이다. 평일이었으니 출근 걱정이 천근이었으나 드라마 재미가 만근이었다. 이 시대 최고의 배우들이 한자리에 모여 시청자를 위해 밥상을 차린다. 그녀들의 나이를 보건데 이번이 마지막 합숙의 만찬일 것이다. 노희경 작가의 펄떡이는 대사가 활어처럼 식탁 위에서 춤추고, 배우들은 노년의 삶을 적나라하면서도 흉하지 않게, 있는 그대로 담백하게 요리해낸다.

뇌에 콱 하고 박히던 명대사는 2개다. 하나는 마지막 회에 나온 박완(고현정)의 독백이다. "90년 인생에 남겨진 거라고는 고작 이기적인 자식이 전부라면, 이건 아니지 싶었다." 그래 맞다, 혼자 중얼거렸다. 애면글면 자식 걱정이 내 걱정의 대부분인 나에게 하는 충고 같았다.

또 하나는 5화에 나온다. 역시 박완의 내레이션이다. "어떤 사람의 인생도 한두 마디로 정의하면 모두 우스꽝스러운 코미디가 되고 만다. 내 인생을 그렇게 한 줄로 정리해버린다면 나는 정말 외로울 것 같다." 또 맞다, 혼잣말했다. 자신의 엄마에 대해, '남편에게 버림받은 여자가 자기 딸에 집착하며 극성맞게 살다가 암에 걸린 인생'이라고 정리해버리는 순간, 엄마 고두심이 겪어야 했던 삶의 고통, 가족에의 헌신, 친구를 향한 의리, 사랑 앞에서의 설렘 등은 모두 증발돼버린다. 그건 당사자 입장에서는 매우 억울하고 외로운 일이다.

그러나 우리는 습관적으로 타인의 삶을 한 줄 혹은 몇 줄로 정리해버린다. 개인의 역사보다는 (관찰자가 바라보는) 개인의 캐릭터로만 기억하려 한다. 좋은 사람, 나쁜 사람, 나와 맞는 사람, 나와 상극인 사람, 정 많은 사람, 욕심 많은 사람. 타인을 바라보는 타자적 시선은 이렇게 간결하다. 심지어 장례식장에서 상주는 문상객에게 이런 말도 한다. "구십 평생 한량으로 사셨죠. 그래도 호상이라 다행입니다." 타인의 삶에 서사를 거세시키는 것은 건조하고 무감한 물화物化의 작업이다.

「디마프」는 등장인물 한 명 한 명의 삶을 세밀하게 펼쳐 보였고, 그래서 명작 드라마가 되었다. 이런 방식으로 좋은 소설을 꼽으라면, 단연 필립 로스의 『에브리맨』이 될 것이다. 작가는 이 소설로 2011년 맨부커상을 받았다. 필립 로스는 간결하고 담백한 문체로, 시종일관 잔혹할 만큼의 서늘한 거리감을 유지하며 그다지 특별할 것 없는 한 남자의 삶과 죽음을 이야기한다.

몸에 배인 독자의 습관으로 그의 삶을 몇 줄로 정의한다면 이러하다.

어린 시절 책임감 있는 부모 아래서 자랐고, 죽음에 대한 2건의 트라우마를 가지고 있고, 그를 사랑하는 잘난 형이 있으며, 행복한 가정을 꿈꾸며 결혼했고 두 아이를 낳았으나 아내를 더 이상 사랑하지 않게 되었을 때 다른 여자를 만났고 평생 사랑할 딸을 낳았고 바람을 피웠고 세 번째 결혼을 했고 또 이혼했고 지속적으로 병원을 들락거리며 수술했으며, 늙어서는 바다 근처의 노인 전문 빌리지에서 살았으나 끝내 섹스와 여자에 대한 욕망을 어쩌지 못했고 계속 병이 들면서 괴팍해진 성격은 사랑하는 형에게도 질투를 느끼고 그러다 죽는 일생.

역시 이런 방식은 전자레인지나 세탁기 매뉴얼에나 어울린다. 기계적이고 건조하다. 필립 로스는 그러하지 않았다.

소설은 장례식장을 시작으로 세밀하게 주인공의 삶을 복기한다. 사소하고 그다지 특별할 것 없는 일상들. 그러나 신기하게도, 별것이 아니어서 별것일 수밖에 없는 감동 같은 것이 전해진다. 나의 인생이 주인공의 인생과 거의 정확하게 중첩되며 묘한 위로를 전달받는 것. 독자는 그런 경험을 한다.

따지고 보면 우리들 인생이 뭐 그리 늘 별것이고, 새로운 일들의 연속이던가. 최승자 시인의 말처럼, 마른 빵에 핀 곰팡이, 벽에다 누고 또 눈 지린 오줌 자국, 아직도 구더기에 뒤덮인 천

년 전에 죽은 시체(시 「일찌기 나는」 중에서)처럼, 일찍이 아무것도 아닌, 영원한 루머에 지나지 않는 삶이 대저의 인생이 아니던가. 그럼에도 좋은 소설이기에, 아무리 평범한 개인을 주인공으로 등장시키더라도, 인간의 삶은 그 자체로 우주만큼 묵직한 것이어서 마지막 책장을 덮은 후에도 아주 오래 독후의 후유증을 앓게 되는 것이다.

맨부커상 수상 작가 이언 매큐언도 자신의 장편소설 『속죄』에서 자신의 언니와 언니의 남자친구를 파멸로 몰아가는 어린 소녀 브리오니의 마음을 빌어 이런 말을 했다.

> 사람을 불행에 빠트리는 것은 사악함과 음모만이 아니었다. 혼동과 오해, 그리고 무엇보다도 다른 사람들 역시 우리 자신과 마찬가지로 살아 있는 똑같은 존재라는 단순한 진리를 이해하지 못하는 것이 불행을 부른다.
>
> — 이언 매큐언, 『속죄』

「디마프」에서 소설을 쓰겠다는 박완을 향해 기자 이모(남능미)는, 내 인생은 소설로 쓰면 전집이 나온다고 하소연했다. 타인의 삶을 짧게 정리하면서 정작 자신의 인생은 그러하지 못하는 것이 인간의 속성이다. 한숨이 백 가마요, 눈물이 천 항아리인 것이 내 인생이다.

잡힐 듯 잡히지 않던 행운의 파랑새가, 기승전起承轉에서 갑자기 다시 기起로 돌아가는 인생의 장난질이, 삶의 어처구니없는 부조리함이, 한 치 앞을 알 수 없는 불확실함과 불안감이 되돌아보면 팔만대장경으로 펼쳐져 있다. 그래서 생각하면 지겹고, 다시 돌아가라면 절대 그러고 싶지 않아 고개를 절레절레 흔든다.

「디마프」의 노인들은 치매에 걸리고, 암에 걸리고, 돌연사로 불안해한다. 『속죄』에서 혈관성 치매 판정을 받은 일흔일곱 살의 브리오니는 "중병에 걸린 사람들, 정신을 잃어가는 치매 환자들은 다른 종족, 더 열등한 종족이다."라고 단언한다.

『에브리맨』에서 주인공은 '노년은 전투가 아닌 대학살'이라고 말한다. 누구 하나 피할 수 없이 맞이할 노년의 초상은 이렇게 암울한 잿빛이다.

나는 때때로 전철이나 길거리에서 노인을 보게 될 때, 그들의 거침없는 행동이나 나이를 앞세운 무례함에 고개를 돌리면서도, '어휴, 저 만만하지 않은 인생을 이렇게 살아낸 분들이니, 그 자체로 당신들은 대우를 받을 자격이 된다'라는 생각을 한다. 대학살에도 굽히지 않고 맞서 싸우는 노인들을 경외감의 시선으로 응원해주는 것은 또한 미래의 나에게 미리 격려의 박수를 보내는 것일 수 있다는 생각도 한다.

그리고 그때 아주 잠시라도 그들의 인생을, 울고 웃고 고통을 겪고 쓰러지고 다시 일어서고 희망을 부여잡고 다시 진창에 빠지고 기적 같은 사랑을 만나 들뜨고 그 사랑에 배신당한 후 허무와 우울에 짓눌려 지옥 같은 밤을 새우기도 했던 수백 쪽의 소설 같은 그들의 삶을 떠올려보면, 노년을 향한 나의 경외감은 절정을 향한다. 다른 종족, 열등한 종족이라니요. 누가 감히 디어 마이 올드 맨들에게.

꽃들 말고 꽃

1.

　놀이동산을 다녀온 후배가 내 작업실에 튤립 화분 하나를 가져다줬다. 선명한 녹색의 잎들이 엇갈려 뻗어 있고 길고 가느다란 줄기가 맵시 있었으나 꽃은 아직 피기 전이었다. 설명서대로 이틀에 한 번씩 물을 흠뻑 주고 응달에 두었더니 봉우리가 서서히 벌어지기 시작했다. 그것이 신기해 좀 더 공을 들였다.

　그 주의 휴일 아침, 눈을 뜨자마자 무심히 본 튤립은 활짝 펴 있었다. 좀 더 바짝 다가가 꽃을 보고, 수술과 암술을 보고, 킁킁 향기를 맡기도 하며, '아아, 내가 잠든 시간에도 이 아이는 저 홀로 이렇게 쑥쑥 자라고 있었구나.' 감탄하며 어쩔 줄 몰라 했다. 식물을 통해 동물성을 보고, 관상의 꽃이 아닌 구체적

생명으로 꽃을 바라본 것은 그때가 처음이었다. 내 고향 앞산을 불 지르던 진달래를 비롯해 군락으로 피어 있는 숱한 꽃들을 보면서도 가져보지 못했던 그 벅찬 체험을 뒤늦게나마 한 송이 튤립을 통해 갖게 된 것이 신기했고, 고마웠다.

신기함을 곰곰이 생각해보니, 한 송이여서 가능했겠다 싶었다.

개체의 고유한 성격을 뜻하는 개성이라는 말은 개별적 존재를 대상으로 한다. '그 사람'의 개성은 자연스럽고, '그 단체'의 개성은 어색하다. 개성은 나와 나 아닌 것을 구별해주고, 그 다름이 바로 각각의 존엄과 아름다움의 발원지가 된다. 무리 자체가 아름다울 때는 개별의 미가 배후에 숨어야 한다. 매스게임이나 카드섹션은 일사불란한 통일성과 규격성으로 사람들을 감탄하게 하지만 개체가 드러나는 순간 그 퍼포먼스는 실패한 것이 된다. 나는 여태 무더기의 꽃을 본 것이고, 내 작업실에서 비로소 하나의 꽃을 본 것이다.

2.

'한국문학에 벼락처럼 쏟아진 축복'이라는 김훈의 『칼의 노래』는 꽃들이 아닌 꽃 한 송이로 향한 시선의 서사다. "버려진 섬마다 꽃이 피었다."로 시작되는 소설의 첫 문장을 두고, '꽃은 피었다'와 '꽃이 피었다'의 조사적 차이에 대해 작가는 후일담을 전했지만, 나는 '꽃들이 피었다'가 아닌 '꽃이 피었다'에 이 소설의 알레고리가 더 있다고 본다.

집단, 충성, 영웅 따위의 관념어는 허깨비로 의심받는 자리에 고뇌하는 이순신과 칭얼대는 임금과 포로들의 개별적 울음과 각각의 백성과 부하가 등장한다. 이순신은 전장에서의 죽음이 곧 자신의 자연사라고 확신하는 투철한 무인이면서도 죽어가는 적들에게 개인의 우주를 보는 인문학적 시선을 가지고 있다. 그의 번민은 거기에서 시작된다.

죽을 때, 적들은 다들 각자 죽었을 것이다. 적선이 깨어지고 불타서 기울 때 물로 뛰어든 적병들이 모두 적의 깃발 아래에서 익명의 죽음을 죽었다 하더라도, 죽어서 물 위에 뜬 그들의 죽음은 저마다의 죽음처럼 보였다. (중략) 그들의 살아 있는 몸의 고통과 무서움은 각자의 몫이었을 것이다. 그리고, 그 각자의 몫들은 똑같은 고통과 똑같은 무서움이었다 하더라도, 서로 소통될 수 없는 저마다의 몫이었을 것이다.

— 김훈, 『칼의 노래』

비록 명량해전 대승의 증거물에 불과한 적이겠지만, 이순신이 바라보는 바다 위 시신에 집단의 죽음은 없다. 비록 그 적이 누구인지는 모르더라도, 각각 온전하게 느껴야 할 고통을 겪으며 바다 위에서 자신의 죽음을 죽었을 뿐이다. 『칼의 노래』는 결국 살아 있거나 죽어간 모든 존재가 각자의 소리로 부르는 노래인 것이다. 꽃, 꽃, 그리고 또한 꽃의 노래.

노안老眼의 지점에서 이 책과 『남한산성』 등을 다시 읽었을 때 여성에 대한 김훈의 남성 중심적 시선만큼이나 개별성에 대한 작가의 주제 의식도 선명하게 보인다.

전자의 경우라면 뒤늦게 밀도가 높아지기 시작한 나의 젠더적 의식이거나 집필 당시의 시대적 환경 탓이겠고 후자의 경우라면 내가 살아왔던 집단적 삶에 대한 무의식적 반발이었을 것이다. 학교에서는 교복으로, 군대에서는 군복으로, 회사에서는 유니폼으로 나를 대신했던 시간들. 모난 돌은 정 맞는다며, 어디서든 중간만 가려고 했던 몰개성의 나날들. 그러다 시나브로 내가 집단병에 감염되어 사람을 보더라도 자꾸 분석하고, 과거

경험의 그룹 속에 그 사람을 집어넣어야 안심이 되는 지금의 초상이 한심해, 개별성에 대한 김훈 작가의 주제 의식이 더 선명하게 다가왔을 것이다.

전체가 아닌 개인을 바라볼 때 관용과 자비심이 생긴다는 말은 경험적으로도 맞는 말이다. 성性과 계급과 지역과 인종과 종교 등으로 향하는 무자비한 차별적 구업口業과 행동은 개별이 아닌 집단을 보면서 생기는 폭력이다. 그 안의 구성원 하나하나가 누군가에게 소중한 존재이며 나처럼 그 사람도 살아가면서 고통을 겪기도 할 것이고 희망을 가꾸기도 한다고 생각할 때 인간의 마음속에 자애가 싹튼다.

3.

'세월호'라는 비극적 사건을 겪으면서 특히 많이 인용된 것이 일본의 영화감독이자 배우 기타노 다케시의 말이다. 그는 자기 나라에서 일어난 대지진에 대하여, "이 지진을 2만 명이 죽은 하나의 사건으로 생각하면 피해자를 전혀 이해하지 못한다. 한 사람이 죽은 사건이 2만 건 있었다고 해야 한다. 2만 가지 죽음에 각각 몸이 찢어지는 듯한 고통을 느끼는 사람들이 있다."라고 했다.

같은 방식으로 말한다면, "세월호는 배가 뒤집어져 304명이 죽은 사고가 아니라, 304명이 저마다의 고통과 무서움을 겪다가 각자의 죽음을 겪은 304건의 사건이다. 그것도 익명이 아닌 실명으로, 아무도 모르는 곳에서가 아닌 백주대낮에, 게다가 모든 국민이 생중계로 지켜보고 있는 가운데."가 된다.

이런 구체적인 방식으로 생생하고 적나라하게 세월호를 개별화하는 것이 희생자들에 대한 산 자들의 예우이자 세월호를 역사에 영원히 새기는 태도일 것이다. 문재인 대통령에 대한 개인적 선호도를 떠나 그가 2017년 '5.18 기념식'과 '광복절 경축사'에서 연설한 내용 중 가장 인상적이었던 것은 애국선열들의 이름을 한 명씩 부르고, 민주 열사의 이름을 또한 한 명씩 호명하는 부분이었다. 마찬가지로 재난의 현장에서 유족 한 명 한 명의 거친 원망과 생생한 슬픔을 경청하는 태도에서 집단의 지도자이기 이전에 개별적 치유사의 모습이 보여 홀로 안도했다.

마흔 이후는 회사에서 관리자로, 집안에서 가장으로, 모임에서 리더로 활동하는 시절이다. 국가보다 훨씬 작더라도 각자의 집단을 꾸리며 그 집단의 행복과 번영과 존멸을 고민할 것이다.

관습적이고 익숙하게 우리는 효율성과 경제성의 논리로 '최대 다수의 최대 행복'의 공리성과 '다수결 원칙'의 민주성을 의사 결정의 명분으로 삼고 있을지 모른다.

그러나 집단의 리더가 아닌 개인들의 리더로 관점을 바꿀 때, 때로 집단이 더디 가더라도 한 명 한 명은 대접받고 존중받는 느낌을 분명 가지게 될 것이다. 사람 한 명이 꽃, 꽃, 꽃처럼 귀하게 여김받는 것처럼 중요한 가치는 세상에 없다. 우리는 바로 그 가치를 주고받기 위해 오늘도 진창 같은 세상을 뒹구는 것 아닐까? 최소한 내 아이들이라도 그런 세상에서 살게 하기 위해 말이다.

인공지능 세상을 살기 위해서는

이전에 나는 어느 칼럼에서 비행기를 자본주의 계급 풍경이 가장 노골적으로 드러나는 공간이라고 썼다. 이코노미 좌석 칸을 나오면서 동선상 확인할 수밖에 없는 비즈니스 칸의 넓은 좌석. 당신이 새우처럼 웅크리고 오는 동안 돈 있는 분들은 이렇게 안락하게 비행했음을 꼬리 칸의 사람들은 직면한다.

오늘을 사는 우리에게 기회의 균등으로 포장된 가장 비인간적인 자본주의 경쟁 시스템을 하나 꼽으라면 그것은 '입찰'이다. 공공 기관에서 공사나 물품, 용역 등을 담당할 업체를 공개적이고 민주적인 과정으로 선발한다는 것이 '입찰'이다. 그러나 내가 경험했을 때 입찰의 취지와 입찰의 현실은 달랐다.

과도하게 많은 입찰 서류를 준비하고, 기획서를 작성하며, 직접 그것들을 발주 기관에 찾아가 제출하는 행위는 비효율적인 업무 절차가 일부 있더라도 입찰 참여자가 선택한 과정이니 이행할 수 있다. 그러나 '아무도 당신들에게 입찰 참여를 요구하지 않았다. 부당하면 하지 마라'의 정신 속에 인간에 대한 예의는 없다. 죄인이 된 분위기 속에서 제안서를 발표한 후, 박수는커녕 '수고했습니다'라는 인사조차 받지 못하는 것도, 탈락을 한 후 제안서 반송은커녕 '고생하셨습니다'라는 위로조차 받지 못하는 것도, 입찰 시장에서는 전혀 이상한 일이 아니다.

2016년 어느 입찰에서도 그랬다. 꼼꼼히 제안서를 작성해 10부를 복사한 후 요구한 서류와 함께 직접 제출했다. 며칠 후 제안서를 발표하러 발주처로 갔다. 이전의 마음과 다른 것이 있었다면, 그즈음이 구의역 전철 사고가 난 직후였다는 것이고, 입찰 발주처가 그 산업과 관련된 곳이라는 점이었으며, 그 때문에 내 마음은 그곳의 직원들을 치유하는 나의 제안 프로그램에 더 정성을 쏟았다는 것이다.

나는 맨 마지막 발표자였고 3시간을 기다려야 했다. 대기실은 없었다. 로비 한쪽에서 발표자들은 어색하게 마주 앉았다. 음료수는 고사하고 물 한 잔이 따로 제공되지 않았다. 사실 유별난 것도 아니었다. 그 전날 서초동 정부 기관에서는 의자조차 주지 않아 창틀에 앉아 대기했으니까. 그럼에도 의자는 있던 이곳의 3시간 대기 시간을 더 싱숭생숭하게 보냈던 것은 나의 마음이 유독 더 많이 이곳에서 일하는 사람들에게 향했기 때문일 것이다.

가방 속에 넣은 컵라면도 먹지 못한 비정규직 알바생의 비극적 죽음 옆에는 어둠만 보이는 철로를 달리다 관제실에서 어떤 주의 운전 통보도 받지 못한 채 참변을 낸 기관사가 있다. 트라우마는 평생 그를 괴롭힐 것이다. 가진 것이 제 노동뿐인 사람들은 이렇게 땅속에서 죽어가고, 그 죽음과 관련된 산 사람 역시 죽음 같은 삶을 산다. 그런 내 마음이 물 한 잔 대접받지 못하는 푸대접으로 돌아올 때, 눈물까지 날 정도로 속이 상했던 것이다.

내가 그들을 향해, '누가 시켜서 한 것이냐, 다 당신들이 아쉬우니 선택한 직업이지'라고 생각하지 않는데, 그들은 왜 나에게, '당신이 자발적으로 참여한 것인데 우리가 당신에게 대기실과 물 한 잔을 줄 이유는 없지 않는가'라는 방식의 행동을 하는 것일까? 노동자가 또 다른 노동자를 향해 보낸 심정적인 연대가 '갑질'의 무례함(을 의도하지 않았더라도 그렇게 느끼게 하는 그 어떤 둔감함)으로 되돌아올 때, 받는 이의 상처는 2배가 된다.

그 일이 있고 나서 며칠 후 또 한 번 속상한 일이 있었는데, 일 때문에 판교를 방문했을 때였다.

업무 미팅 후 참석자들과 노천에서 맥주를 마셨다. 한국의 실리콘밸리라는 이름답게 네이버, 카카오 빌딩이 눈앞에 보이는 곳이었다. 퇴근을 한 젊은 직장인들이 우리처럼 노천 테이블에 앉아 치맥을 즐기고 있었다. 그 분주함이, 활력이, 닭을 튀기는 냄새가, 여름밤의 시원한 바람이, 고층 빌딩의 불빛이 모두 술맛을 살려냈다. 그러다가 물었다. "재작년인가, 공연 보다 환풍구로 사람들이 떨어져서 여럿 죽고 다쳤잖아요. 그게 어딘가요?" 거래처 직원이 손가락으로 바로 옆을 가리키며 짧게 말했다. "여기요."

세상에, 사람들이 안전 펜스 주변에 태평하게 몰려 앉아 '하하호호' 웃고 떠드는 바로 이곳이 불과 20개월 전(2014년 10월) 16명의 생명을 앗아간 바로 그곳이었다니. 공연 담당 직원은 자책감으로 투신자살을 하고 기러기 아빠, 금슬 좋은 부부 등이 창졸간에 저세상으로 간 현장이 바로 여기였다니.

부스스 자리에서 일어나서 그 펜스를 둘러보았다. 국화꽃이나 비석은커녕, 사고의 현장이라는 알림판 하나 없었다. 누구일까? 이 사고의 기억을 몽땅 지워버리고 싶은 사람들은? 이곳에서 치킨과 맥주와 커피와 음식을 파는 사람들일까? 아니면 이 빌딩의 소유자일까? 행여, 가족을 잃은 사람들이 이 밤에 죽은 이가 너무 보고 싶어 사고의 현장에 온다면 이 들뜨고 흥겨운 술판을 보고 어떤 기분을 느낄까? 원혼이 있다면 죽은 자들은 산 자들의 이 모습을 보고 얼마나 서운할까?

뇌과학자 김대식 교수의 강연 내용을 책으로 재구성한 『김대식의 인간 vs 기계』에 이런 문장이 나온다.

어쨌든 지금 있는 그 모든 시나리오를 봤을 때 강한 인공지능이 생기는 순간 인류는 가장 큰 적을 만나게 될 것입니다. 엘론 머스크와 스티븐 호킹이 말하는 인류 멸망이죠. 카네기멜론대학의 앤드루 무어 교수는 이렇게 이야기한 적도 있습니다. '강한 인공지능이 등장하면 인류는 멸망한다. 근데 그게 왜 나쁜가? 인류가 멸망하는 것이 왜 나쁜지 한번 설명해봐라'라고 말이죠.

— 김대식, 『김대식의 인간 vs 기계』

곧 다가올 인공지능의 세상에서 인공지능은 스스로에게 질문을 던진다. 왜 인간은 지구에 있어야 하지? 인공지능은 공리적인 입장에서, 인간이 존재하지 않는 것이 지구 전체로 볼 때 더 낫다고 결론 내릴 수 있다고 저자는 상상한다. 나는 연달아 벌어진 내 속상함의 순간에 앤드루 무어식의 반문이 자꾸 떠올랐다. '왜 인류가 멸망하면 안 되는데?'

김대식 교수는 이 책의 마지막에, 인간이 기계에게 이기기 위해서는 인간다운 삶을 살아야 하고 그러므로 인간이 가진 유일한 희망은 기계와는 다른 차별화된 인간다움이라고 말한다.

나는 스스로에게 묻는다.

인간은 차별화된 인간다움을 가지고 살아가고 있는 것일까? 과연, 희망을 가져도 되는 것일까?

글쎄, 솔직히 잘 모르겠다. 다만 바랄 뿐이다. 이 물음을 잊지 않기를, 인간다움에 대한 화두가 늘 나를 구속하기를. 기계에 의한 멸망이 아니라 인간에 의한 멸망을 우리 인류가 더 무서워하기를.

그런데, 어쩌면 우리 인류는 진작에 이미 멸망해 있었던 것은 아닐까?

힐링 다음은 뭐야?

1.

서점 나들이를 좋아한다.

보고 싶었던 책, 이슈가 되고 있는 책, 특히 온라인 서점 장바구니에 넣어두고 구매 버튼을 누르지 않았던 책들을 옆에 쌓아두고 휘리릭 보거나 촘촘히 본다.

혜민 스님의 『멈추면, 비로소 보이는 것들』이 오랫동안 베스트셀러 1위를 차지하던 몇 년 전, 그 책도 그렇게 봤다. 사자니 망설여지고, 외면하자니 베스트셀러의 이유가 궁금했던 책이었다. 전작이 그러했듯 사람들의 마음을 위로해주는 내용이겠거니 생각하며 휘리릭 보다가 어느 순간부터 촘촘히 읽기 시작했다. 배고픈 손이 밥그릇을 움켜잡듯 공허한 마음이 자꾸 스님의 '뻔'한 말씀을 붙들고 있게 했다. 특별할 것이 없어도 완독을 하게 하는 특별함. 거저 1위가 될 리 없다는 생각을 그때 했다.

법륜 스님의 '즉문즉설'은 『야단법석』이라는 책으로 나왔다. 그 책도 서점 나들이 시간에 읽었다.

남편이 바람을 피워서 고민인 여자, 사업에 실패해서 자살을 생각하는 남자, 암에 걸려 우울한 주부 등 사연은 천태만상이다. 누군가의 고민을 그 자리에서 듣고 바로 해법을 주는 것은 작두 타는 선녀보살이나 하는 짓이라고 속으로 비웃으면서도 유튜브 속 스님의 처방을 들으며 무릎을 친 적이 여러 번이다. 교과서적이거나 비현실적이거나 뜬구름 잡는 답은 거의 없다. 손오공이 여의봉을 부리듯 고집멸도苦集滅道 붓다의 법法을 상황에 맞게 다루는 스님의 놀라운 순발력은 종교를 넘어 '즉문즉설'을 당대 최고의 힐링 상담으로 만들었다.

그런데, 나는 서점을 나오면서 이 책들을 다시 원래 있던 곳에 곱게 두고 나왔다. 굳이 사서 집으로까지 가지고 오기에는 마음이 움직이지 않는다. 서점을 나오면서 두 스님의 말씀을 잊어버린다. 보거나 들을 때는 좋으나, 딱 거기까지다. 내 근기의 부족함이겠지만, 뭔가 그것으로 채워지지 않는 허전함이 있다.

2.

　2011년 대학원에서 명상을 만났다. 정확히는 '명상학과'가 있다는 것을 알았고, 명상이라는 것을 공부하는 사람들이 있다는 것을 목격했다.

　그것이 뭔지도 잘 모르고, 사업 기질이 발동해 치유 여행을 만들었다. 여행을 하면서 명상도 하고, 요가도 하는 힐링 여행이었다. 서울시는 아이디어가 가상하다고 '예비사회적기업' 지정서를 내려줬다. 다음 해에 우리 사회에 힐링 열풍이 불었다. 여기도 힐링, 저기도 힐링이었다. 속으로 쾌재를 불렀다. 기업체와 관공서의 워크숍은 힐링이 주제가 되었다. 나는 열심히 프로그램을 짜고, 스트레스 완화와 마음 챙김 명상을 지도했다. 회사 통장의 잔고가 풍성했던 시절이었다.

　나는 이 현상이 꽤 오래갈 줄 알았다. 배가 부를수록 외로움이 커져가는 결핍의 시대에 힐링은 '트렌드'가 아닌 '문화'가 될 것이라 낙관했다. GNP 3만 불 시대는 '소비 여행'이 아닌 '힐링 여행'이 대세가 될 것이라 전망했다. 예상은 빗나갔다. 2015년 회사의 매출이 줄더니 2016년 매출은 폭망했다. '힐링'이라는 단어에 피로감을 호소하는 사람들이 주변에 늘어났고 2017년을 지나 2019년을 사는 지금, '힐링'은 올드한 단어가 되었다.

그러면서 사람들은 슬쩍 묻는다. 이제 힐링 다음은 뭐가 오는 거지?

3.

따지고 보면 힐링이 무슨 죄인가? 아름다운 자연을 보고, 맛있는 음식을 먹고, 찜질방에서 등을 지지면서, '아이고, 이것이 힐링이다'라고 할 때의 그 힐링은 곧 소시민의 행복이다. 목사님과 스님과 신부님의 말씀을 듣고 감동의 눈물을 뚝뚝 흘린다면 그건 또 민초들의 정신적 힐링이다. 무엇이든 나를 돌봐주고, 나에게 용기를 주고, 내 심신을 위로한다면 그 자체로 의미 있는 힐링이다.

서점을 나서면서도 채워지지 않는 허전함이 내게 있었다면 힐링이 향하는 방향일 것이다. 나의 명상은 나의 괴로움을 없애주지만, 팽목항 세월호 유가족의 괴로움을 없애주지 못했다. 나의 기도는 내 마음에 평화를 주었지만, 전철에 부딪혀 죽어간 비정규직 알바생의 평화에는 닿지 못했다. 명상실과 기도실을 빠져나가지 못하는 힐링, 그것이 온전한 힐링인지를 나는 지난 몇 년 동안 과열된 이 사회의 힐링 열풍을 더듬으며 자문했고 회의했다. 그것을 말끔히 정리해내지 못한다면 여전히 힐링 사업으로 밥을 먹고사는 나는 거대한 벽 앞에서 오래 지리멸렬할 것이다. 그리고 이 책에서 빛줄기 하나를 발견한다.

4.

조계종 교육원장 현응 스님의 『깨달음과 역사』는 1990년에 출간되었고 2016년에 개정판이 나왔다. 젊은 현응 스님이 불교도의 한 사람으로서 불교를 구체적인 현실과 역사에 접목시키기 위해 노력했던 산물이다.

이 책의 열쇳말은 '보살'이다. 흔히 절에 다니는 여자 신도를 일컫는 그 보살. 그러나 보살은 대승불교에서 여기는 가장 이상적인 인간상이다. 현응 스님은 보살의 어원을 통해 붓다가 된다는 것의 의미를 설명한다.

보살이란 보디Bodhi와 사트바Sattva의 합성어다. '보디'는 붓다처럼 세상은 실재가 아님을 깨달은 것이며 '사트바'는 중생이라는 말로 삶과 역사를 의미한다. 깨달음은 깨달음이며 역사는 역사다. 즉 삶의 법칙을 깨달았다고 해서 붓다의 삶을 사는 것이 아니다. 깨달은 자는 당대의 시대정신을 갖고 이웃과 사회의 문제에 대해 열정적이고 적극적으로 고민하고 대처해야 한다. 그 역사성을 가질 때 진정한 보디사트바, 즉 보살이 된다. 역사의식을 가진 붓다가 되는 것이다.

이것이 현응 스님의 핵심 주장이다. '성불하라'는 덕담 속에서 성불은 곧, 당신 홀로 깨닫고 고통을 없애라는 것이 아니라 사회와 역사 속에서 이웃과 함께하라는 것임을 바로 이 문장은 말하고 있다.

'붓다가 된다' 함은 모든 존재와 삶을 안락과 평화로 이끄는 일이다. 이 말은 '붓다가 된다'는 말과 '올바른 역사의 구현', '건전한 사회의 실현'이라는 말이 표현만 다를 뿐 사실은 같은 내용을 이야기하고 있음을 깨닫게 해준다.

— 현응, 『깨달음과 역사』

책과 법문과 설교와 명상과 기도와 요가 등 자기만의 방식을 통해 내 마음속에 자비와 사랑을 채우고 몸을 균형 있게 가다

듬으며 매 순간을 마음 챙김 하는 것은 매우 중요하다. 그것이 첫 번째 힐링이다. 다음에 할 일은 그 자비와 사랑과 건강함을 이웃과 사회로 나누어주는 것이다.

탐내고 욕심내고 어리석은 것들을 내려놓은 후 세상에 고정된 실체가 없다는 것을 깨달은 아라한(개인적 힐링)은 이 시대 팽목항과 구의역으로 상징되는 사회의 가장 아픈 자리에서 보살(사회적 힐링)이 되어야 한다. 이렇게 소승적인 힐링에서 대승적인 힐링으로 확장하는 것이 한국 땅에서 조로早老의 길에 들어선 힐링을 다시 살려내는 길일 것이다. 그리고 그것이 치유의 미래라고, 감히 생각한다. 도래하는 인공지능의 기계 세상에 그나마 인간으로서의 존엄성과 우위성을 확보하며 사피엔스가 생존할 수 있다면 그것은 이타적인 자애심과 연결성의 철학을 지키고 있기 때문일 것이라고, 또한 생각한다.

수신제가보다 중요한 것

1.

십 대 때 읽어야 할 추천 도서, 이십 대 때 읽어야 할 소설, 삼십 대 때 놓치지 말아야 할 자기계발서 등의 카피를 읽다가 문득, 이런 것도 재미있겠다 생각했다. '00대 때, 읽지 말아야 할 책' 같은 청개구리식 비추천 도서 분류법이다.

그러니까 『데미안』은 십 대 때 읽으면, '아브락사스' 운운하며 허세에 쩔 위험이 있으니 19금. 『그리스인 조르바』는 이십 대 때 읽으면 바닷가에서 춤이나 추는 한량이 될 여지가 있으니 29금…….

이건 뭐 말도 안 되는 '막걸리'겠지만, 오십 대 때 읽으면 우울증이 우려되니 권하지 않을 책을 꼽으라면 나는 프란츠 카프카의 그 유명한 「변신」을 떠올릴 것이다.

> 그레고르 잠자는 어느 날 아침 불안한 꿈에서 깨어났을 때
> 자신이 침대에서 한 흉측스러운 갑충으로 변해 있는 것을
> 발견했다.
>
> — 프란츠 카프카, 『카프카 단편집』

자고 일어났더니 흉측한 벌레로 변해버린 주인공. 그리고 가족의 냉대 속에 버림받다 죽어간 한 남자의 이야기를 우리는 잘 알고 있다. 읽은 기억은 없지만 시험에 나온다니 밑줄 그어대면서 "어머나, 징그러." "대박, 말도 안 돼."와 같은 경악의 감정을 숨기지 않았던 것도 기억한다.

그러나 자식들을 어느 정도 키워놓고, 집과 가정에서 노골적으로 밀려나는 쉰 살 즈음이 되어 이 책을 다시 읽게 된다면 경악의 감정은 비탄과 쓸쓸함으로 변신해 있을 가능성이 농후하다.

갑충으로 변한 아들 '그레고르 잠자'가 이 집안의 실질적인 가장이었다는 사실, 가족들은 이 아들의 고단한 노동 덕에 먹고살면서도 그것을 당연하게 여겼다는 것, 갑충이 되어버린 아

침에 출근을 못하는 그레고르 방의 문을 두드리며 어떻게든 돈을 벌어오라고 무언의 압력을 가하는 가족들의 뻔뻔한 모습, 더 이상 부양의 역할을 못하게 되자 아들과 오빠를 부담스럽고 수치스런 존재로 대하는 부모와 여동생, 그레고르가 죽자 룰루랄라 소풍 가는 희망찬 그들. 이런 것들이 눈에 쏙쏙 들어오고 가슴에 꽉꽉 박히면서 내가 그레고르인지 그레고르가 나인지 모를 지경이 되는 것이니, 갑충이 되어버린 주인공의 초상과 오늘을 사는 오십 대의 초상이 요모조모 닮았기 때문이다.

2.

후배는 이십 대 때 미얀마로 갔다. 그곳에서 자리를 잡았고 결혼을 했고 아이 둘을 낳았다. 그리고 쉰이 되었다. 인생의 절반을 미얀마에서 살았으나 자식 교육의 열정은 어쩔 수 없는 대한민국의 어버이였는지, 작은아이는 엄마와 함께 태국으로 유학을 보냈고, 큰아이는 작년에 서울의 대학에 입학했다. 후배는 딸의 대학 적응을 위해 미얀마 일을 잠시 접고 한국으로 들어와 작은 월세 아파트를 얻어 딸과 함께 살고 있다.

저녁 모임을 갖고 있는데 후배에게 연락이 왔다. 몇 시간이라도 기다릴 테니 모임이 끝나면 자기와 술을 한잔하자고 했다. 후배의 딸이 신입생으로 한 학기를 마무리할 무렵이었다. 경복궁역 근처의 선술집에서 소주 한 병을 마시고 후배는 말했다.

"형, 고민이 있어. 딸이 요즘 나를 피해. 같이 밥을 먹자고 해도 먹지 않고, 내가 외출을 해야 부엌으로 나와서 먹을 것을 챙겨 먹어. 딸인데 너무 어색해 죽겠어. 도대체 어떻게 해야 해?"

한국에 오기 전까지 부녀 관계는 따뜻했고 그동안 특별한 일도 없었는데 대학에 들어간 직후부터 딸이 아빠를 노골적으로 피하더라는 것이다. 자기가 왜 이런 대우를 받아야 하는지 모르겠다며 후배는 답답해했다. 택시 안에 취한 몸을 구겨 넣으며 후배가 말했다.

"방학이 돼서 하루 빨리 미얀마로 돌아갔으면 좋겠어. 애 눈치 보며 사는 게 지옥이야."

나는 "딸도 무슨 이유가 있겠지, 조급하게 생각하지 말고 좀 더 두고 봐봐."라고 말하고는 택시 문을 닫아줬다. 마치 내 이야기 같았다.

3.

조셉 캠벨은 『신화의 힘』에서 결혼에는 전혀 다른 두 단계가 있다고 했는데, 충동에 의한 결혼과 영적 수련과 같은 결혼이 그것이다. 세속의 사람들은 일반적으로 충동에 의한 결혼을 한다. 사랑에 눈이 멀어 했다가 시간이 지나면서 현실에 눈을 뜨는 그 패턴. 캠벨은 충동에 의한 결혼을 한 사람들이 이혼을 하게 될 때는, 자식들이 커서 부모의 품을 빠져나가는 그 시기라고 했다. 애들 때문에 산다는 그 넋두리가, 애들이 독립하면서 드디어 이혼으로 '꿈은 이루어진다'가 되는 것이다.

100년도 전에 태어난 캠벨은 2019년의 우리 집 상황을 어쩌면 그렇게 똑 부러지게 예측했을까. 애초부터 화목하고 모범적인 성가족聖家族은 아니었지만 내 집에 관계의 금이 쩍쩍 가기 시작한 것은 두 아이가 모두 스무 살을 넘긴 작년부터다. 성인이 된 아이들에게 쏟는 관심이 줄어드니, 아내는 취미 생활을 모색했고, '한 번 빠지면 나라까지 팔아먹는다'는 배드민턴에 풍덩 빠져버렸다. 주말을 종일 코트에서 보내더니 평일 밤에도 레슨을 받기 시작하면서, 이렇게 선포했다. "저녁은 각자 알아서 해결하도록!" 당연히 나는 발끈했고, 춤바람 난 부인을 증오하는 남편의 마음으로, 거실에 있는 아내의 배드민턴 라켓을 죽일 듯 노려보았다.

엄마가 없으면 강아지의 배변 욕구는 증가하는 것인지, 퇴근 후 겹겹이 쌓인 개똥을 치우며 아내에게 협상과 협박, 회유와 간청 등의 전략을 도모하고 또한 실천했으나, 전어 100마리를 동시에 굽는다고 해도 운동과 바람난 아내는 집으로 돌아올 낌새가 아니었다.

이 갈등의 와중에 딸은 엄마 편을 들기 시작했는데, 성인인 엄마가 일주일에 몇 번을 운동하든, 밤 12시에 들어오든 새벽에 들어오든 그것은 엄마가 알아서 할 문제가 아니냐고 아빠를 나무랐다. 나는 어이가 없었고, 당연히 그것을 받아들일 수가 없었다. 이승기는 '누나는 내 여자니까'를 목 놓아 불렀지만, '너희 엄마는 내 여자로 살아온 지 25년'이다, 내 여자가 밤늦게 돌아다니고 밥 한 끼 제대로 차려주지 않는 것이 말이 되는 것이냐, 호소했지만, 딸은 아빠도 주말이면 테니스 치고 술 마시고 새벽에 들어오고 마음껏 하지 않냐며, 오히려 집안일을 분담시키기 시작했다. 나에게는 내가 먹은 그릇의 설거지와 주말 대청소, 쓰레기 버리기 등이 할당됐다.

딸 앞에서는 억울함을 제대로 호소할 수도 없었다. 내 여자 어쩌고 하며 내 입에서 쏟아지는 나의 말들이, 내가 들어도 논리적이지 않았고, 억지스러웠고, 이기적이었다. 그 덜떨어짐을 굳이 딸에게 확인받고 싶지 않았다. 버럭 하면 집안은 불편해지고, 말을 하려 하면 스스로 유치해지니, 그저 못 듣는 척, 안 본 척, 말 못하는 척하고 강아지의 배변판이나 치우는 수밖에. 그 전쟁의 와중에 아내는 대회에 나가 은메달을 따왔고, 승급했다. 그리고 내 속 터짐과는 무관하게 각자 먹은 그릇을 스스로 설거지하는 이른바 '절 공양간 시스템'이 내 집에 정착됐고, 식구들은 알아서 각자도생各自圖生하는 것에 익숙해져갔다.

4.

그렇다고 쥐죽은 듯 조용히 있었던 것만은 아니다. 집 안에서는 침묵했으나, 집 밖에서는 떠들었다. 나는 주변의 친한 사람들과의 술자리에서 내 집안의 불만을 털어놓았다. 아내를 험담하고 아빠에 반항하는 딸을 흉보고 무심한 아들을 무용한 존재로 전락시키며, 오십 넘어 닥친 시련을 떠벌렸다. 이혼하고 싶다는 말도 했다. 그런 말을 위중하게 듣는 사람은 없었다. 사람들은 드라마 속 장면을 보듯 무감하게, 낄낄거리며 나의 사정을 들었고, 곧 자기들 이야기하기에 바빴다. 집안의 갈등과 불화를 못나고 무능한 가장의 치부라며 자책하고 쉬쉬한 것을, 나는 이런 식의 술자리 고백으로 벗어나고 싶었는지도 모른다.

수신제가修身齊家 후 치국평천하治國平天下라고 했으니, 제가齊家를 제대로 못하는 나는 얼마나 무능한지를 자발적으로 심판받고 싶었다. 그리고 누군가 나에게 잘못했다고 한다면 이렇게 따지고 싶었다.

밥을 차려주던 아내가 라켓만 잡고 있는 것이 흉이야? 그래서 부부가 말을 안 하고 아빠와 딸이 친하지 않은 것이 가장 탓이야? 그리고 그게 흉이거나 내 탓이면 좀 어때? 집은 늘 웃음꽃이 피고 사랑과 행복이 철철 넘쳐야 해? 그런 집이 있기나 해?

가족이 불화를 겪을 때, 또는 그 불화의 끝이 이혼이든 해체든, 그것은 부끄러운 것이 아니라고 생각한다. 사람 몸에 병이 날 수 있듯, 가정에 병이 나거나 시끄러운 것이 왜 부끄러운 일인가. 모든 가족이 화목할 수도 없고, 다 그래야 한다는 법도 없다. 화목이 어느 집의 사정이라면 소란은 또한 어느 집의 경우이다. 소란을 부끄러워하지 않아도 되는 이유다.

그러니, 미얀마 후배야, 이렇게라도 선배에게 속을 털어놓은

건 참 잘한 거다. 서운한 건 서운한 거고, 네가 당황스러운 건
세상이 두 쪽 나도 당황스러운 경험이니까.

5.

"한 권의 책은 우리 안의 얼어붙은 바다를 부수는 도끼어
야 한다네."

카프카가 그의 친구에게 보낸 편지에서 밝힌 문학에 대한 견
해다.

그 도끼는 우리의 나른한 일상으로 들어와, 드러내고 싶지
않아 뒤집어쓴 가면을 깨부수고, 몰래 숨어든 회피의 벽면을
부숴대며, 고통스럽게도 인간의 현실을 직면하게 한다.

가족과의 갈등 앞에서 아버지들은 피하고 싶은 현실을 본다.
열심히 살았는데, 그레고르처럼 최선을 다해 가족을 부양했는
데, 인정받지도 못하면서 외면받는 듯한 기분. 또한 모순되고
독선적이며 폭력적인, 징그러운 갑충처럼 변해버린 자신의 내면
을 만나기도 한다.

이제 서론 부분을 정정하려 한다. 당신이 쉰 살의 어느 즈음에, 가족들이 변신을 시작하고 당신은 조금씩 소외당하고, 당신의 말이 점점 먹혀들지 않아 외로울 때, 그때 봐야 할 책은 바로 「변신」이라는 도끼일 것이다.

가족에게 버림받는 주인공의 신세를 보며 우울해하든, 어쩌면 자신이 내면의 갑충이 된 것은 아닐까를 성찰하든, 이 불편한 소설 속에서, 도끼로 찍듯 불편한 자신을 피하지 않고 바라볼 때, 아이와의 화해든, 위태로운 가정을 회복하든, 아니면 독립해서 홀로 행복하든, 뭐가 나와도 나오기 때문이다. 아니면 나처럼 술 마시면서 현실을 수다 떨며, 취한 눈으로라도 당신에게 벌어진 일을 객관적으로 들여다보든가. 결국 포기되어야 할 것은 라켓과 같은 외부가 아니라 가장이니 수신제가니 하는 가부장적 관습과 아집이었음을 슬그머니 인정하면서.

쉿! 당신 가족 자랑 이야기

1.

　모 예술단체에서 아마추어를 뽑아 두 달 동안 성악과 연기 공부를 시킨 후 오페라 공연을 하는 프로젝트를 공고했다. 음악과 연기를 한 번도 공부하지 않은 사람만이 지원해서 오디션을 보는 조건이었다. 나는 용감하게 오디션 영상을 보냈고, 10명의 합격자 명단에 운 좋게 이름을 올렸다. 합격자들이 모이는 오리엔테이션에서, 나를 포함한 모든 사람들의 표정은 상기돼 있었다. 오디션에 붙었다는 기쁨, 과연 오페라라는 어려운 것을 할 수 있을지에 대한 두려움, 뭔가를 배운다는 것에 대한 기대감이 교차한 얼굴이었다.

　그중 일흔이 넘은 할아버님이 유독 나의 눈길을 끌었다. 최고

령임에도 멋쟁이였고 활력이 있어 보였다. 전국 콩쿠르 우승자답게 노래를 하는 모습도 멋있었다. 그 모습이 가까운 내 미래가 될 수 있다는 생각에, 건강과 목소리를 잘 관리한 어르신이 고마웠다.

그러나 일주일에 세 번, 함께 연습하는 시간이 늘어나면서 사람들은 점점 그분을 힘들어했다. 스트레스의 원인은 각자 비슷하거나 달랐다. 그러나 그것을 입 밖에 내는 것은 상대적으로 젊은 사람들에게는 뭔가 불손하고 예의에 어긋난 일이라는 자책감 때문에 속으로만 쉬쉬하는 분위기였다. 이야기를 종합해보면, 단원들을 뒤에서 험담하고, 선생님들에게 무수히 사적 전화를 걸어대며, 전체 분위기를 당신 욕심으로 이끌어가려고 하는 그분의 노욕老慾을 사람들은 부담스러워하는 듯했다.

태생적으로 타인에 대한 관찰력이 떨어지고 사람 때문에 스트레스를 받는 성격이 아닌 나였지만, 어느 순간부터는 나도 어르신을 피했다. 무엇보다 그분의 가족 자랑이 불편했다. 아들이 어느 대학을 졸업해서 무엇을 하고 있고, 딸은 어디서 유학했고, 사위의 직업은 어떠하고, 손주가 얼마나 좋은 고등학교를 다니는지를, 노골적이거나 은밀하게 반복해서 이야기했다. 그리고 은근하게 물었다. "집은 어디시우? 무슨 일을 하시우?"

좋은 말도 한두 번이지, 나는 그분의 가족 자랑에 질리고 있었다. 주야장천 자기가 집에서 키우는 반려동물 이야기를 해대며 휴대전화에 저장된 사진을 보여주는 사람이 있다면 처음에는 관심을 갖다가, 어느 순간 짜증이 나고 꼴 보기 싫듯이 남의 가족 이야기라고 다를 것이 뭐가 있을까? 말을 걸어오면 슬금슬금 피하거나 못 들은 척 딴청을 피우는 것이 그분에 대한 내 방식의 적정자기치유였다.

비슷한 경우는 어느 봉사 모임에서 경험했다. 꽤 보수적인 성향의 집단이었는데, 어느 날 회장의 말이 귀에 거슬렸다. 이 모임의 아무개 씨가 비록 모자라 보이긴 하지만, 무시해서는 안 될 사람이다. 그 이유는 그 아들이 대기업에 다니고 딸이 수재들만 다닌다는 학교를 나왔기 때문이다. 그런 걸 보면 아무개 씨는 아주 명석한 머리를 가진 좋은 혈통의 소유자다.

나는 그 말을 들었을 때, 히틀러 시대의 우생학도 아니고 이 무슨 해괴한 논리인가 싶어 의아했다. 그것을 말하는 사람은 문제의식 하나 없이 지속적으로 비슷한 내용을 전달하고, 듣는 사람들은 조금의 저항감도 없이 맞장구를 치는 것을 보고 그 모임에 정이 뚝 떨어졌던 기억이 있다.

2.

    가족 중심의 유교주의 전통 때문인지, 세상의 지고지순한 가치는 가정이라는 믿음을 오랫동안 내면화한 교육의 탓인지 모르겠으나, 가족에 대한 의존성과 기대감, 일심동체화는 한국 사회에 가히 절대적으로 보인다. 내 인생이 후졌는지 아닌지는 관심 없고, 내 자식이 잘되면 그것이 성공한 인생이라고 생각하는 경향도 강하다. 피를 나눈 가족이므로, 때때로 가족이 남처럼 행동할 때 상실감과 서운함을 견디지 못한다. 그래 봐야 결국 상처를 주고받는 것은 남이 아니라 가장 가까이 있는 가족이라는 엄연한 사실을 부정하지 못하면서도 나와 가족을 분리하는 것을 상상조차 하지 못한다.

    일본 영화 「어느 가족」은 피 한 방울 섞이지 않은 사람들이 가족을 이루고 살아가는 이야기다. 술집을 하던 여자, 손님으로 온 남자, 남편을 뺏긴 할머니, 그 남편이 새로 결혼해서 생긴 손녀딸, 버려진 소년과 유괴해온 학대받던 여자아이가 좁은 집에서 바글바글 산다. 비록 환경적으로는 부유하지 않고 도둑질해서 살아가는 모습도 구질구질해 보이지만 이들의 집에는 웃음이 끊이지 않는다. 집은 각자에게 허락된 공간만큼, 세상에서 가장 편안한 쉼터가 된다.

죽음을 예감한 할머니가 바닷가에 놀러가서 피가 섞이지 않은 가족들의 뒷모습을 보며, "다들 고마웠어."라고 인사하는 장면이 오래 기억에 남는다. "피로 이어지지 않은 가족이어서 좋은 점도 있어. 서로 기대하지 않아도 괜찮아."라고 말하는 여자 가족(노부요)의 말은 이 영화의 주제를 선명하게 전달한다.

고레에다 히로카즈 감독은 이 영화 이전에도 「바닷마을 다이어리」, 「그렇게 아버지가 된다」를 통해 전통적인 혈연 가족의 문제점과 모순을 꺼내 보였고, 가족 파괴와 대안 가족이라는 화두를 관객에게 던졌다. 오히려 2018년의 「어느 가족」 속 가족 형태가 충격적이거나 실험적으로 보이지 않는 이유는 한국이든 일본이든 전통 가족의 붕괴가 빠르게 진행되고 있고, 사람들의 의식도 그에 맞춰 급격히 변화하고 있기 때문이다.

NHK 아나운서 출신 작가 시모주 아키코는 에세이 『가족이라는 병』을 통해 가족에 대한 자신의 견해를 매우 솔직하고 설득력 있게 전달하고 있다. '가장 가깝지만 가장 이해하기 힘든…… 우리 시대의 가족을 다시 생각하다'라는 부제가 붙은 이 책은 가족 이데올로기에 강박적으로 집착하는 동시대 일본인의 가면을 매우 적나라하게 벗겨버린다.

거짓은 화목하지 않은 가정보다 화목한 가정에 있다. 솔직한 심정으로 마주하면, 부모와 자식은 대립을 피할 수 없기 때문이다.

어느 쪽을 선택할 것인가. 나는 겉으로 화목해 보이는 가족보다는 사이가 나빠 뿔뿔이 흩어진 가족을 선택할 것이다.

― 시모주 아키코, 『가족이라는 병』

위와 같은 대목은 한국인의 가족 현실에 적용해도 부자연스럽지 않다.

옛날의 가족 개념은 시대에 따라 변하는 것이므로, 가족이니 집을 고정적인 형태로 정의하는 것은 무리가 있다고 주장하는 것이나, 혈연이라는 이유로 같이 살면서 스트레스를 받는 것보다는 마음이 통하는 사람과 함께 사는 것이 더 중요하다는 내용은 고레에다 히로카즈의 영화와 정확히 일치되는 부분이다.

특히 내가 밑줄을 그은 문장은 이것이다.

우리는 평생을 살면서 무수한 일을 화제로 삼는데, 그중에 삼분의 일이 남 얘기다. 삼분의 일은 남자와 여자에 관한 얘기, 그리고 나머지 삼분의 일이 필요한 얘기라고 한다. 즉

삼분의 이는 하나 마나 아무 상관없는 얘기라는 뜻이다.

가족 얘기는 어디에 속할까. 남 얘기다. 삼분의 일이나 그런 화제에 할애하다니 놀랍다. (중략)

이 병, 왜 골치 아프냐 하면 한 번 걸리면 낫지 않을 뿐만 아니라 점점 심해지기 때문이다. 그러니 가족 얘기는 하지 말자. 그래도 하고 싶어지면, 꾹 참고 말을 삼키자. 가족 얘기를 꺼내려는 상대에게 말려들지 않도록, 화제를 바꾸자.

― 시모주 아키코, 『가족이라는 병』

3.

나이 들어가면서 사람들을 만났을 때 할 이야기의 주제가 자기 가족밖에 없다는 것은 가족 외에는 관심사가 없다는 뜻이다. 또는 자존감을 지탱할 자원이 가족 외에는 없다는 뜻이다. 안 그래도 되는데 왜 그럴까? 주변을 살펴보면 관심 가질 것도 많고, 자신의 삶을 돌아보면 발화자를 주인공으로 함께 나눌 이야기가 왜 없겠는가?

정상 가족의 범주는 계속 확대되고 있고, 어쩌면 정상이라는 수식어조차 고루하고 구시대적인 말이 되고 있다. '자식은 특별한 남남'이라거나 '가족은 같은 집에 사는 동거인' 정도로 정의 내리는 사람도 늘고 있다. 녹이 낀 청동유리보다 못한 전통 가족이라는 유물을 자기 생명처럼 끌어안고, 집착도 모자라 동네방네 자식 자랑 손주 자랑을 하고 다니는 것을 이제 그만할 때가 되었다.

당신이 남의 가족에게 1그램의 관심도 없듯이, 또는 관심이 있다면 그것은 남의 집 불행이나 열등함에 대해 위로를 받으려는 수작이듯이, 타인 역시 당신 가족에게 손톱만큼도 흥미가 없으며 궁금함이 곧 불순함이라는 것을 기억하면 좋겠다. 당신의 애들이 얼마나 잘나가고 가족이 번창하든, 당신이 후지면 그냥 당신은 후진 것이다.

예민하고 사소하게

1.

좋은 책을 만나는 것은 책을 좋아하는 사람에게는 크나큰 지복인데 『밤이 선생이다』를 읽을 때의 감동을 잊을 수 없다. 3호선 지하철 안이었고, 경복궁역쯤이었는데, 가슴에 차오르던 희열이 자꾸 '아아' 하는 신음으로 새어 나와 입을 틀어막으며 주변의 눈치를 살폈던 기억이 있다.

1개의 칼럼 안에서 모든 문장이 연계성을 가지고 배치되는 구도와 하나의 사물을 자세히, 세밀하게, 가까이 보는 시선과 '합당한 언어와 정직한 수사법'의 원칙에 충실하면서 중언부언하지 않고 간결하게 자기가 하고 싶은 이야기를 직접적으로 전달하는 표현의 경제성과 그러면서도 날카롭지 않고 원만하며 인간적이고 깊이 있게 전달할 수 있는 철학적 올곧음에 매료되었다. 김훈이 잘 벼른 칼로 주저함 없이 생선을 뜨는 횟집 요리사라면 황현산은 사시미보다는 밥과 생선을 가장 적절하게 조합하는 초밥 요리사일 거라는 생각도 그때 했다.

> 우리들 개인에게 가장 절실한 문제가 저 큰 목소리들 앞에서는 항상 '당신의 사정'이다. (중략)
> 어디에 좋은 문화가 있다면 그것은 사람들이 살아가는 도리를 당신의 사소한 사정에 비추어 마련하고 바꾸어가는 문화일 것이다. 문제는 결국 유연성인데 그것은 자신감의 표현과 다른 것이 아니다. 무협영화 한 편만을 보더라도 최고의 고수는 가장 유연한 자이다.
>
> — 황현산, 『밤이 선생이다』

「당신의 사소한 사정」이라는 에세이 속 문장이다. 세상의 큰 목소리에 비켜서 있는 개체들의 사소한 사정들이 서로 연결됐으며 그것들이 모두 배려되는 문화가 좋은 사회라는 내용이다. 알맹이도 좋지만 제목이 참 섹시하다. '당신의 사소한 사정'이라니……. 이 글을 쓰기 위해 그 페이지를 다시 열어보니 내용은

온통 밑줄로 도배돼 있고, 메모 하나가 적혀 있다.

황동규 시인의 「즐거운 편지」 첫 연에는 사소함이라는 단어
가 두 번 나온다.

내 그대를 생각함은 항상 그대가 앉아 있는 배경에서
해가 지고 바람이 부는 일처럼 사소한 일일 것이나 언
젠가 그대가 한없이 괴로움 속을 헤매일 때에 오랫동
안 전해오던 그 사소함으로 그대를 불러보리라.

내 사소함을 당신이 소중히 여겨줄 수 있다면 나는 덜 외로
울 것이고 우리는 더 깊이 사랑할 수 있을 것이고, 당신의
사소함을 내가 귀히 여길 수 있다면 당신도 덜 외로울 것이
고 나를 더 깊이 사랑할 것이고, 우리는 서로에게 즐거운 편
지가 아닐까, 라고 나는 연시를 달콤하게 베어 물듯 사소함
이라는 그 거대한 단어를 한동안 한입 가득 머금고 있었다.
(2015. 10. 14)

2.

국정농단으로 성난 촛불이 광장에서 파도를 이루던 2016년 11월, 연예인들도 노래 기부를 하며 집회를 축제로 만드는 데 기여했다. DJ DOC도 「수취인분명」이라는 뮤직비디오를 만들었고 그 노래를 들은 나는 이 한물간 악동(?)들이 '썩어도 준치'라고 생각했다. 가사는 귀에 쏙쏙 들어왔고 리듬도 신났으며 라임도 착착 감겼다.

오후에 시청에 나갔는데, 예정돼 있던 DJ DOC가 무대에 오르지 못한다는 소식을 들었다. '잘 가요 미쓰 박 세뇨리따'라는 가사가 논란이 됐다는 것도 그때 알았다. 뜨악했다. 나는 참 좋아하며 들었는데, 그것이 왜 문제가 되는 거지? 그러나 거대한 200만 개의 촛불 앞에서 그 '사소한' 이슈는 금방 잊혔다.

월요일에 출근한 후 '여혐'이니 '메갈'이니 하는 말들이 떠다니는 날 선 게시판을 기웃거렸다. 누군가는 그 노래를 들으며 불쾌했고, 어떤 이는 그 불쾌함의 이유를 이해하지 못했고, 일부는 자신들의 불쾌함을 공연 반대로 표현했으며, 그런 그들의 행동을 몰상식한 검열이라며 흥분하는 사람도 있었다. 물론 나를 포함한 더러는 '아브라함이 이삭을 낳고 이삭은 야곱을 낳고 아홉은 유다를 낳고'처럼 '미쓰 박은 커피를 낳고 커피는 군 가산점을 낳고 군가산점은 임신을 낳는' 네버엔딩 논쟁을 따라 가기에는 체력과 관심이 딸려, '무엇이 잘못됐는지는 잘 모르겠 으나 그냥 누군가가 기분 나쁘다고 하니 잘못된 것으로' 하기로 하며 생업으로 복귀했다.

추측컨대, 그 음악을 제작했던 내 나이 또래의 기자 역시 '미 쓰'라는 타이틀에서 '여성 혐오'를 읽어내지 못했을 것이다. 우 리 세대는 사전적 정의로 Ms와 Mr를 배웠고, 실제 대학 졸업 후 사무실에서 상사들은 느끼한 표정을 짓지 않고도 "미쓰 박, 어디 갔어?", "미스터 윤, 이것 좀 부탁해."라고 했었으니, '미쓰' 라는 말을 오래전에는 익숙했지만 지금은 쓰지 않는 올드한 외 래어 정도로 인식했을 것이다. 박물관에 들어갈 말을 가사 안 으로 끌고 들어올 때, 내가 제작자였다면 오히려 키치적이어서 신선한 느낌까지 가졌을 것도 같다.

내 추측이 사실이라면, 제작자 입장에서는 조금은 억울했을 터이지만, '성추행의 범위'라거나 '성 차별' 등의 젠더적 문제와 관련해서 본의 아닌 억울함에 처한 남자들은 그이만이 아닐 것 이다.

언젠가 정부 과제 심사를 하게 되었는데 7명의 심사 위원 중

유일한 여성이었던 한 심사 위원에게 교수라는 사람이 던진 말은, "이런 데 자주 오시던데 그러면 아이들은 누가 키워요?"라는 질문이었고, 질문자는 자신의 물음이 성차별에 해당된다는 것을 전혀 모른 채 순망한 표정으로 눈빛을 깜빡이고 있었으며, 주변에서 발언의 문제점을 지적하자 억울하다는 표정이 역력했다.

또 한 번은 어느 방송의 녹화 현장에서 짧은 치마를 입고 온 패널에게 작가가 무릎 담요를 가져다주자, 고정 패널이었던 중년 남성은 "왜 그래요? 좋은데."라고 말했는데 역시 주변의 질타를 받으면서도 자신은 전혀 다른 의도가 아니었다고 해명했다.

그럴 때 남자들은 세상이 너무 예민하게 구는 것 아니냐는 생각이 들 터이지만, 그런 셀프 억울함과 툴툴거림은 길어야 1분짜리 배설이면 족한 것이다. 바뀌는 시대, 변화하는 환경과 그러함으로 생길 수밖에 없는 언어 용법의 변화와, 과거에는 문제가 아니었으나 지금은 차별적이고 가부장적인 것들의 드러남과 지적에 대해서, '하지 말아야 할 것들'이 촘촘히 적혀 있는 남자들의 의식 속 '경계의 사전'에 후다닥 새로운 단어 하나를 추가하면 되는 것이다.

이에 대해 내 선배는 '이해보다는 암기'라고 간략하게 정리했다. 학습받지 못한 세대가 할 수 있는 최선의 적응은 누군가의 지적을 교정의 기회로 습관화하는 것이다.

3.

물론, 당시 DJ DOC와 관련해서, 문제 제기와 그것을 구현하는 방식은 구분해서 이야기할 필요가 있다. '미쓰 박'이 여성 비하라는 주장과 촛불 무대에 올리지 말아야 한다는 주장은 별개의 논의 대상이며 나는 여전히 전자의 경우로 한정된 이야기를 하고 있는 것이다. 그들이 촛불 무대에 올라갔어야 했는지, 아닌지를 판단할 만큼 나는 그 이슈에 크게 민감하지 못했고 적극적으로 고민하지 않았다.

오히려 내 돌아봄의 지점은 나 역시 누군가의 주장을 예민함으로 퉁 치고 넘어가려 한 것은 아니었는가 하는 점이다.

단지 내가 이해하지 못한다고 그것을 예민한 성품들의 기질적 문제로 전환시키는 것은 무례한 폭력이다. 나라의 국운이 걸려 있는 거대 담론의 광장에서 '미쓰'라는 호칭 따위의 사소한 것들로 딴지를 거냐는 주장 역시 파쇼적이다. 누군가에게는 절실한 개인의 사정이 모여지는 곳이 광장이고, 입의 말해짐과 귀의 들어짐이 잘 순환될 때 민주적 광장이 된다. 그러면서 또한 당신의 사소함이 결코 사소함이 아닌, 나의 정치사회적 감수성의 둔감함이었음을 깨닫게 되는 곳도 광장이며 근본적으로 우리가 하나의 망으로 연결돼 있다는 치유적 전체성을 제 눈으로 확인하는 곳도 광장이다. 그 광장이 넓어진 것이 바로 사회이고 우리들이 사는 세상이다.

나이를 먹으면서 세상을 보는 시야가 넓어지고 생각은 깊어지며 마음은 넓어졌으면 좋겠다. 그러나 그 어떤 철학이나 사상, 이념이나 가치보다 개인들의 사소한 사정을 더 중히 여기고 예민하게 바라보는 시선을 갖고 싶다는 것이 나의 바람이다. 특히 페미니즘 관련해서는 더 많이 더.

4.

2018년 8월 8일. 절대로 사소할 수 없는 고 황현산 님과의 이별 앞에 존경과 안식의 꽃 한 송이를 바친다.

언제까지나, 까칠리스트

1.

김수영은 '왜 나는 작은 일에만 분노하는가'라고 탄식했지만 분노까지는 아니더라도 나 역시 종종 일상에서 만나는 어떤 작은 것들을 통해 딴지심이 발동하고는 한다.

예를 들면 이런 것이다.

전철을 타면 핑크색 의자가 있다. 임산부를 위한 자리다. 약자를 배려하는 의도, 참 좋다. 그런데 의자 아래에 빨간색 바탕으로 이런 글을 적어놨다. "핑크 카펫, 내일의 주인공을 위한 자리입니다."

어린이는 새 나라의 주인공, 미래의 주인공 등의 이야기를 관용구처럼 들었다. 교과서에도 나왔을 것이고, 어린이날이면 방송에서도 빠지지 않고 그런 식의 말을 해댔다. 그래서 핑크 카펫의 내일의 주인공은 익숙하기도 하고 의미 전달도 빠르다. 그럼에도 그저 멍 때리고 저 글자를 계속 보고 있으면 이런 생각이 든다. '다 주인공일 수도 없고, 꼭 주인공이 아니어도 괜찮잖아?'

주연은 주연이고 조연은 조연, 주인공은 주인공이고 엑스트라는 엑스트라, 그것들의 순위를 정하거나 우열을 가리지 않고 서로가 상대의 존재를 인정하고 존중해주는 사회, 그것이 우리가 꿈꾸는 사회가 아닌가, 라고 생각하면서, 저렇게 주인공이라는 말을 남용하니까 다들 주인공이 되려고 혈안이 되는 거야, 라고 전철 안에서 속말을 구시렁대는 것이다. 임산부석이니 '임산부를 위한 자리입니다'라고 정확히 써주든가,는 양념으로.

또 있다. 몇 년 전까지 작업실이 있던 오피스텔 앞의 조형물은 아빠와 엄마, 아들과 딸, 네 명의 구성원이 안정감 있게 서 있는 작품이었다. 처음에는 잘 몰랐는데 어느 날 그 앞을 오가면서 묘하게 신경이 거슬렸다. 이혼을 했거나, 독신이거나, 자녀를 갖고 싶었으나 아이가 없는 사람들은 마치 완전한 가족의 풍경을 과시하는 듯한 저 상징물을 보며 어떤 기분을 느낄까? 그 불편한 심경을 페이스북에 이렇게 남겼다.

「일상 풍경 – 조금만 세심하기로」
혼자여도 되고 둘이어도 행복한, 정상성과 완전성의 모델
같은 건 다수와 소수를 구별하는 씨앗 같은 것.

어떤 때는 신문 1면에 실린 미국발 한 장의 사진이 내 오지랖을 툭 하고 건드리기도 했다.

2017년 1월 20일, 트럼프의 대통령 취임식에서 트럼프 부부가 「마이 웨이My Way」에 맞춰 춤추는 사진이다. 마이크 펜스 부통령 부부, 대통령 장녀 이방카와 맏사위 재러드 쿠슈너 부부 등 정권의 핵심들이 남녀 모두 옷을 차려입고 춤을 춘다. 나는 이 사진을 보면서도 오피스텔 앞의 조형물과 비슷한 심통이 생긴다.

'주류 사회의 성공한 사람이 되기 위해서는 남자와 여자가 한 쌍이 되어야 하고 그것만이 사진의 프레임 안에 들어올 자격이 있는 거야? 게이와 레즈비언과 의도한 독신 남녀와 어쩌다 보니 독신 남녀들은?'

내 해석 속에서 이 사진은 다분히 차별적이고 편협했으며 누군가를 주눅 들게 할 수도 있겠다는 생각을 했다.

그러니까 김수영이 나라의 부패한 정치를 욕하는 대신에 설

렁탕집 주인의 불친절에 분개하고 언론의 자유를 요구하는 대신 귀찮게 하는 야경꾼에게 증오했다면 나는 전철 안 임산부석의 별것 아닐 수 있는 단어에, 그 단어를 선택한 사람의 무딘 감수성에, 다양성을 인정하지 못하는 듯한 조형물과 남녀 한 쌍이 돼야 파티 참석이 가능한 듯한 남의 나라 신문 사진을 보며 마음이 편치 않은 것이다.

그러면서 슬쩍 드는 생각은 내가 혹 비비 꼬인 성격의 소유자인가, 그렇다면 나는 왜 이렇게 나이가 들어가면서도 관대하지 못하지? 내가 잘못 늙어가고 있는 것은 아닌가 하는 불안감인데, 아무튼 나는 다양함을 인정하지 못하는 것들에 유독 민감한 것이 사실이다.

2.

자신을 나쁜(bad) 페미니스트라고 규정한 록산 게이는 『나쁜 페미니스트』를 통해 나쁨의 예를 솔직한 고백으로 나열한다. 여성으로 실패했고, 불완전하고 모순적 인간이며 의존적이고 핑크를 좋아하며 된장녀를 꿈꾸고 드레스를 사랑하고 제모를 하는, 페미니스트로는 부족하기에, 부족해서 'bad한' 페미니스트라고 말한다. 그럼에도 페미니스트가 아닌 것보다는 나쁜 페미니스트가 되는 편이 훨씬 낫다고 믿으며 천박한 문화 소비 방식에 대해, 인종 문제와 다양성이 부족한 문화 전반에 대해, 남성과 여성의 차별에 대해, 성 소수자의 권리에 대해 자기 목소리를 당당하게 낸다.

강간당했던 자신의 과거를 너무나 적나라하게, 그러나 담담하게 털어놓는 등 그녀의 모든 글에는 그녀의 경험, 그녀의 철학, 그녀의 정치적 입장이 선명하게 담겨 있다. 충격적 경험 속에서, 비극이 부르면 경건함과 엄숙함으로 응답할 법도 하련만, 시종일관 경쾌하고 빠르고 별것 아닌 듯이 툭툭 치고 나가는 방식이 이 분홍색 표지 책의 장점이다.

페미니즘이라는 무거운 주제를 전혀 무겁지 않게, 그러나 설득력 있고 실감나게, 마치 리오넬 메시가 드리블을 하듯이 유려하고 능숙하게 가지고 노는 작가의 능력도 발군. "어휴 또 그 이야기야?"라는 페미니즘 책에 대한 독자의 선입관을 조롱하며 그녀는 전통적이고 근본적인 페미니즘 이야기를 하는 것이 아니라 자신의 페미니즘 이야기를 한다.

앨리스 슈바르처의 『아주 작은 차이』를 읽은 것이 서른 초반이었다. 오르가슴은 가짜였다고 남편에게 말하는 아내의 이야기를 읽으며, 통쾌함이 아닌 당혹감이 들었던 것이 사실이다. 어느 출판사의 청탁으로 그 책의 서평을 쓰고, 여성 편집장에게 대한민국 젊은 남성이 대견하다는 칭찬까지 받았지만 페미니즘은 옳은 것, 정당한 것임에도, 뭔가 무겁고 다가가기 힘든 것, 그래서 슬쩍 외면하고 싶은 것이라는 인식이 그때 생겼었다.

『나쁜 페미니스트』는 그런 부담감을 툭툭 털어줬다. 게다가 내 일상 속 민감함을 자책하지 않아도 괜찮겠다는 마음까지 생겼다. 록산 게이가 소설과 영화와 대중문화 속에서 사람들이 무의식적으로 저지르는 차별과 폭력성에 대해 '나쁜 페미니스트'의 이름으로 딴지를 걸었듯이, 그리고 끊임없이 그리해야만 사회가 발전한다고 자기 신념을 강화하듯이, 내가 일상의 어느 지점에서 보이는 민감함 역시 『나쁜 페미니스트』에서 치고 있는 그물망과 그다지 다를 것이 없겠다는 생각을 하게 된 것이다.

남녀노소, 가진 자, 못 가진 자, 이성애자, 동성애자, 양성애자, 모두 다 함께 존중하며 살아보자는 것이 록산 게이의 나쁜 페미니스트이고 나의 민감함의 시원始原이 아니겠는가, 라고 생각하며 앞으로도 쭉 까칠리스트로 늙어가겠다고 페미니스트 책을 덮으며 결론을 내린 것이다. 록산 게이의 말 한마디를 다시 읽으며.

페미니즘이 어떤 대단한 사상이 아니라 모든 분야에서의
성 평등임을 안 순간 페미니즘을 받아들이는 건 놀라울 정
도로 쉬워졌다.

— 록산 게이, 『나쁜 페미니스트』

보태기

그럼에도 이 주제는 대한민국 오십 대 남성인 나에게 너무 어
렵다. N명의 사람들이 N개의 방식으로 정의를 내리고 수위와
범위를 다르게 갖는 것이 페미니즘인 듯해서 알수록 난해하고,
다가갈수록 난망한 것이 '나의 페미니즘'이다. 그러나 내 페미니
즘의 난해 난망함보다 나보다 젊은 남성들이 페미니즘을 아예
단칼로 자르며 귀찮고 머리 아픈 것으로 폐기시키는 모습을 종
종 보는 것이 더 비통 비감하다.

나이가 들어 나처럼 허우적대지 않으려면, 한 살이라도 뇌신
경망이 활발할 때 페미니즘에 대한 고민을 많이 하기를, 훈장
샘 모드로 훈수질 한다. 물론, 여자 아닌 모든 것들을 타도의

대상으로 삼으며 타인의 종교를 모욕하고 어린아이들을 성적 대상으로 조롱하는 집단에 대해 '저것도 페미니즘인가?'라고 헷갈릴 필요는 없다. 그것은 그냥, 극단적 찌질이즘이다. 페미니즘과 찌질이즘을 나누는 기준은 내가 인정받고 싶은 나의 가치만큼, 타인의 가치를 인정하는지의 유무이다.

위대하진 않더라도 도도하게

1.

우리말 중에 특별한 이유 없이 그냥 끌리는 꾸밈씨들이 있는데 '도도하다'도 그중 하나다. 사전적 의미로는 '거만하다'와 같은 부정적 느낌으로 풀이되지만 생활의 용례에서는 '시크하다'처럼 밉지 않을 만큼의 당당한 사람을 가리킬 때 쓰이기도 한다. 도도한 고양이를 상상하면 그 품새가 더 잘 그려지는데 비굴하지 않고, 자존감 충만한 것이 섹시하게까지 느껴진다.

소설 속에서 도도한 여자 캐릭터를 찾는다면 가장 먼저 생각나는 것이 『바람과 함께 사라지다』의 스칼렛 오하라이겠지만, 또 한 명을 꼽는다면 『위대한 개츠비』의 여주인공 데이지다. 엄밀히 말해 데이지는 도도함보다는 한국에서 희화되는 'OO녀'

에 가까울 정도로 사치와 허영, 변덕과 자기과시가 강한 여자 겠으나 소설 거의 후반부의 한 장면으로 데이지는 도도녀가 될 자격이 충분해 보인다.

그것이 어떤 상황인지를 말하기 전에 우선 간단히 『위대한 개츠비』를 정리해보자.

가난한 농부의 집안에서 태어나 제대로 교육받지 못한 개츠 비는 늘 상류사회의 진입을 꿈꾸며 우연한 기회를 잡아 이를 실현한다. 그는 상류층 여인 데이지를 사랑하고 그 사랑을 통해 자신의 신분이 영원히 상승할 것을 기대했으나 데이지는 귀족 출신인 톰에게 홀랑 시집가버린다.

5년 동안 오매불망 데이지를 그리워하던 개츠비는 으리으리 한 저택을 지어놓고 데이지의 관심을 끌기 위해 밤이면 밤마다 화려한 파티를 연다. 개츠비의 집은 누구나 가보고 싶은 그 동네 핫플레이스가 된다. 바다 건너 살면서 그 집을 늘 동경했던 데이지는 그 집을 방문하고, 그곳이 다름 아닌 옛 애인의 집이 라는 것에 대해 로또 맞은 듯한 충격에 빠지고, 옷장의 고급 셔 츠들을 보며 눈물의 호들갑을 떨다가, 개츠비의 속삭임을 듣는 다. "좋아? 그럼 가출해. 내게로 오면 이 저택은 네 거야."

그러나 톰이 자기 아내를 빼앗길 만큼의 호구일 리가 없다.

개츠비를 뒷조사한 후 그의 구린 과거로 한 방 크게 먹일 순간을 기다리고, 소설과 영화에서 공히 가장 긴박한 장면인 뉴욕 플라자 호텔의 스위트룸 사건을 맞이한다.

더위를 피해 하루의 집단 피서를 떠난 그 호텔 방에서, 개츠비와 톰은 데이지 쟁탈 빅 매치를 벌인다. 개츠비는 데이지에게, 지금 남편을 향해 사랑하지 않는다고 말하라 하고, 이에 대한 반격으로 톰은 준비했던 개츠비의 학력 위조, 냄새나는 직업 등을 폭로한다.

이제는 데이지가 자신의 속마음을 밝힐 때이다. 옛날 애인인 개츠비를 사랑하는지, 아니면 지금 남편인 톰을 사랑하는지 그녀의 선택이 남은 시간. 이리 갈까 저리 갈까 고뇌하다 결국 흐느끼며 개츠비에게 말한다.

"한때는 톰을 사랑한 적도 있었어. 그렇지만 당신 역시 사랑했어."

— F. 스콧 피츠제럴드, 『위대한 개츠비』

오오, 요런 불여우 데이지, 과거형으로 싹 말하며 두 남자에게 계속 희망 고문을 하고 있으니. 그러나 나는 이 장면에서 매력이든, 미모든, 그것이 무엇이든, 믿는 구석이 있으니 선택의 결정적 순간에서도 저런 밀당력을 보이는 데이지에게 영악한 도도함을 본다. 데이지가 톰을 선택하든, 개츠비를 선택하든, 혹은 둘 다 포기하고 혼자 플라자 호텔 방을 나가든, 그 모든 데이지의 선택은 그녀가 보인 눈물과 고민, 욕망 속에서 정당화된다.

다만 그녀는 끝까지 도도했기에, 남자들은 그녀를 쉽게 대하지 못했고, 개츠비 역시 파멸하면서까지 '위대한'의 수식어를 붙일 만큼의 격정적 사랑을 데이지에게 보여준 것일 테다. 아무튼, 데이지 승!

2.

대선이든 총선이든 선거철이면 『위대한 개츠비』를 떠올린다. 유권자에게 표를 호소하는 후보들의 모습이 데이지를 사이에 두고 애정 다툼을 벌이던 호텔 방 두 남자의 모습과 겹쳐 보이기 때문이다.

격동의 근현대사를 거친 나라여서인지, 혹은 시민 의식이 높아서인지, 우리나라의 선거 열풍은 꽤나 뜨겁다. 특히 대선의 경우는 나라 전체가 들썩인다. 아저씨 사람들은 너나없이 선거의 과정과 결과에 몰입한다. 친한 사람들은 만나면 노골적으로 누구를 찍을 것인지를 묻고 덜 친한 사람끼리는 상대가 누구를 지지할지 염탐한다. 택시를 타면 택시 기사가 승객의 정치적 성향을 눈치 보고 승객은 기사의 한 마디에 촉각을 세운다.

내 첫 대선은, 유시민 씨의 표현대로, 죽음을 각오하고 시위해서 투표권을 시민에게 돌려놨더니, '시민'이라는 사람들은 투표장에 가서 노태우를 뽑았다. 1987년은 뜨거웠으나 그해 말의 끝은 6월의 거리에서 해방 춤을 추던 사람들에게는 해피하지 못했다. 그다음 대선은 삼당야합한 사람이 대통령이 됐다. 청산되지 않는 과거와 쓰레기처럼 구겨진 미래를 원통해하며, 이십대의 나와 친구들은 선거권을 '막걸리'와 바꿔 먹은 어른들을 저주했고, 늙은이들에게는 투표권을 반만 줘야 한다고 푸념했다가, 술이 더 취했을 때 누군가는 "마흔 넘으면 다 죽어야 해, 그래야 민주화가 돼!"라며 울부짖었다.

그 말대로라면 나와 내 또래들은 죽었어도 10년 전에는 죽었어야 했다. 내 선배들은 이미 '백골이 진토 되어 넋이라도 있고 없고' 해야 했다. 그런데 우리는 죽지 않고 꼬박꼬박 선거를 치른다. 언론에서 세대별 분석을 할 때 우리 나이는 자연스럽게 보수 진영으로 분류가 된다. 젊은이들이 주로 가는 사이트에 가보면, '어머니 설득법', '아버지 투표장 못 가게 하는 법' 등이 농담 반 진담 반으로 공유된다.

그럴 때는 내가 벌써 이들이 성토하는 세대가 되었나 하며 새삼스럽다가, 뭔가 좀 억울하기도 했다가, 게시판 저쪽의 젊은 사람들에게 눈치가 보이기도 하지만, 그 억울함과 눈치 보임의 정체를 표현하는 것이 영 구차하고 추레해 조용히 게시판을 빠져나온다.

3.

광장의 촛불로 어둠을 몰아낸 국민들이다. 그러나 바로 옆 광장에서는 태극기를 휘두르며 또 다른 애국을 외치는 국민도 있다. 다양한 목소리가 평화롭게 공존하는 것이 민주주의라면 양쪽의 광장은 그 나름의 의미를 각자의 방식으로 충족한다. 다만, 정치적인 주장이나 선거철 유권자의 태도에 있어서, "마흔이면 다 죽어야 해!"를 외쳤던 사람들이 이제는 그 죽어야 할

나이가 되었다면, 냉정하게 자기 검열을 멈추지 않아야 구업口
業의 자기모순에서 벗어날 수 있다.

지지하되 맹목적으로 추종하지 않을 수 있는 균형감을 확보
하고 있는가? 내가 마음에 둔 후보가 실수를 했을 때 그것을
비판할 수 있는 객관성을 조금이라도 가지려 하는가?

나는 앞으로도 선거에 참여할 것이고, 그것도 아주 열심히
내 권리를 행사할 것이다. 다만 내가 누군가를 사랑했다고 할
때, 그 사랑의 이유를 합리적이고 설득력 있게 말할 수 있는 유
권자로 늙고 싶은 바람이다. 젊어서 욕했던 그 나이를 막상 내
가 먹고 보니, 노추와 아집과 독선에 빠지지 않을 유권자로 늙
어야 한다는 경계감이 더 커진다. 나의 판단이 둔해진다면 나
는 더 많은 정보를 접하고 자신의 소신에 덜 오염된 내 자식과
손주의 조언에 귀를 기울이는 사람이기를 또한 소망한다.

'위대한 유권자'까지는 아니더라도 '도도한 유권자'로 죽을 때
까지 남고 싶은 것이다. 데이지가 그러했듯, 투표소 입장 전까지
"당신도 사랑했어, 그렇지만 당신도 사랑했어."라고 후보들의 간
을 보고 긴장시키는 도도함 말이다.

보태기

촛불과 태극기가 2개의 광장에서 자신들의 겨울을 나던 그
해, 어느 월간지에 썼던 칼럼을 싣는다. 나이를 먹게 되면서 내
마음이 향하는 지점은 정치와 국가 등의 거대 담론과 그들이
뿜어내는 말의 세상보다는 내 주변과 우리들의 삶이라는 구체
적인 현장성인 것 같다. 손으로 닿을 수 있고, 눈으로 볼 수 있
으며, 마음을 나눌 수 있는 그 실제적 세상 말이다.

태극기와 김치 통

큰형과 13년 터울이다. 어려서는 무서워 형 앞에서 말도 못
꺼냈다. 오십이 가까워 늦둥이를 보신 늙은 아버지와는 다
른, 실감 나는 아버지 느낌이었다. 나이가 드니 형이 더 이
상 무섭지 않아서 좋다. 오히려 다섯 형제 중 장남과 막내
가 가장 잘 통하고 친밀하다. 중간의 형들이 샘을 낼 정도
다. 같이 술을 마시면, 둘째형은 큰형에게 '안주 좀 잘 챙겨
드시라'고 잔소리를 하지만 나는 젓가락으로 생선을 집어
입에 넣어드린다. 큰형은 취하면 작은형들에게는 어린 시절
에 많이 때린 일을 이야기하지만 오십이 넘은 나에게는 귀

엽다며 뽀뽀를 한다.

새해 첫날, 경기도 전원주택에 사는 큰형 집으로 형제들이 모였다. 고기나 구워 먹자고 내가 제안했다. 몇 달 전부터 큰형은 2층짜리 큰 집에서 혼자 살고 있다. 예순여섯 살에도 여전히 자존심은 펄펄하고 성격이 꼬장꼬장해 당신 마음에 들지 않으면 가족들을 다 내보내고 혼자 사는 것이 편하다는 사람이다. 사실은 내보낸 것이 아닐 것이다. 형수도, 조카들도 성격 유별난 노인네가 싫다며 자발적 독립을 했을 것이다. '아침에 일어나 마당을 쓸고, 개에게 먹이를 주며, 잔소리를 듣지 않고 낮술 한잔하는 생활이 좋다'는 그 말이 동생들의 걱정을 덜어주려는 소리임을 어찌 모르랴.

김장 김치가 맛있다고 하니 큰형은 본인이 직접 담갔다며 막내 것을 한 통 챙겨놨다고 했다. 그것도 한 마리에 1만 5천 원 하는 비싼 갈치를 넣어 만든 것으로 특별히 담아놨단다. 술이 거나하게 취한 후 슬쩍 큰형에게 말했다. "요즘 주말마다 시청 가지 않아요?" 형은 그렇다고 했다. 태극기를 들고 시청 앞에 나가 대통령 탄핵의 부당함을 외친다고 했다. 같은 시각, 막내는 촛불을 들고 광화문 광장에 서 있는데, 형제는 이렇게 지척에서 다른 주장을 외치고 있다.

오래전부터 큰형과 나는 정치적 입장이 달랐다. 지지하는 정당도 달랐고 응원하는 대통령도 달랐다. 그렇다고 부딪친 적은 없다. 형이나 나나 정치적 신념이 너무 강해 누가 뭐라 해도 절대 변심하지 않으리라는 것을 서로 잘 알고 있기 때문이다.

그리고 그것이 그다지 불편하지 않았던 것은, 어느 시점부터 큰형이 대통령 취임식을 쫓아다니고, 누군가 대통령의 욕을 하면 독수리 타법으로 반박의 댓글을 쓰는 그 행동에 묘한 안도감 같은 감정이 생겼기 때문이다. 당신이 보이는 이 모든 정치적 열정이 이빨 다 빠진 늙은 맹수의 마지막 소일거리라면 그거라도 있어서 다행이라는 생각이 들었다. 펄펄한 기백으로 살다가 세상의 중심에서 밀리고, 가정 안에서도 괴팍한 가장으로 내몰리는 내 큰형이 그나마 우울증에 빠지지 않은 것은 '으르렁'까지는 아니더라도 '으릉' 소리 정도는 낼 수 있는 대상과 공간이 있기 때문이라는 생각을 하게 된 것이다.

물론 나는 덕수궁 앞에서 태극기를 흔들며 소리 지르는 사람들을 편안한 시선으로 바라보지 못한다. 때때로 너무나 뻔한 상식적 사안에 대해서도 억지 주장을 펼치는 그들에게 화가 날 때도 있다. 그러나 그 마음을 다스릴 수 있는 것은, 저쪽 광장의 사람들 눈에도 이쪽 광장의 사람들이 이해하지 못할 사람으로 보일 것이고, 무엇보다 저쪽 광장에 내 형과 누군가의 부모가 있기 때문이다. 그리고 설령 나와 다르더라도, 그 다름이 각자의 공간에서 자유롭게 분출할 수 있는 것이 민주주의라고 믿기 때문이다.

집으로 돌아오는 차 안에서 나는 큰형에게 전화를 했다. '시청 앞에 가더라도 옷 따뜻하게 입고 가시라, 앞줄에 서지 말고 뒷줄에만 있다 오시라, 공연히 촛불 든 사람 자극해서 험한 꼴 보지 마시라, 형 눈에 방송이 전부 빨갱이로 보이더라도 지역감정이나 여성 비하 조장하는 철없는 애들 노는 인터넷 사이트는 들어가지 마시라……' 늙어가는 막내는 더 늙어가는 큰형에게 스피커폰에 대고 이렇게 잔소리를 한다. 차가 흔들릴 때마다 뒷자리에 큰형이 챙겨준 김치통에서 내 생각하며 담갔을 김치 냄새가 폴폴 난다. 내 마음도 묘한 슬픔과 혼란으로 차와 함께 흔들린다.

성공적인 사랑을 하고 있는가?

목적한 것을 이루었을 때 성공했다고 말한다. 목표한 몸무게로 감량하면 다이어트에 성공했다고 한다. 원하는 학교에 합격하면 입시에 성공했다고 한다. 재력, 권력, 명예가 평균 이상이면 사회적으로 성공한 것이라고들 한다.

사랑에 관해서는 어떠할까? 우리는 무엇을 보고 성공한 사랑이라고 말할 수 있을까? 춘향이와 이도령은 성공한 사랑일까? 로미오와 줄리엣은 성공하지 못한 사랑일까?

이것은 매우 애매한 물음이다. 사랑은 어떠한 도달점을 목표로 해서 정량적으로 계량화할 수 있는 성격이 아니기 때문이다. 게다가 '성공한 사랑'이라는 말 자체가 용례적으로 어색하고 생경하다. '성공한'이라는 부사어가 사랑을 수식하면, 사랑이 가진 낭만성이 훼손당하는 기분도 든다. 그래서 일반적으로 '완전한 사랑', '이루어진 사랑' 등으로 말한다. 그럼에도 불구하고, 잠시 '성공한 사랑'에 대한 이야기를 해보자.

1. 몰래한 사랑

몇 년 전 늦여름의 어느 일요일이었다. 친한 성직자에게 전화가 왔다. 유럽 여행지에서 만난 이후 우리는 꽤 친하게 지냈다. 나이가 비슷했으므로 서로 스스럼없이 농담을 하기도 하고 삶의 고민거리를 같이 나누기도 했다. 칭얼거리는 쪽은 주로 나였고, 들어주는 쪽은 대부분 저쪽이었다. 오랜 시간을 알고 지냈으면서도 휴일의 전화는 처음이었다. 직감적으로 무슨 일이 생겼다는 것을 예감했다. 역시나, 그분은 큰일 났다고 했다. 어떤 사람이 너무 보고 싶어서 정신을 못 차리겠다고 했다. 사랑에 빠졌다고 했다. 벗어날 수가 없다고 했다.

언제나 자신이 성직자로 쓰여짐을 행복해했고 종교적 규율에 충실한 사람이었다. 그랬기에, 나는 그가 보이는 지금의 혼란에 더 공감했다. 이 사실이 알려졌을 때 치러야 할 대가를 잘 알기에 마음은 더 복잡했다.

그러나 내가 해줄 수 있는 말은 '축하한다'는 것뿐이었다. '그러면 안 된다'거나 '다시 원래의 자리로 돌아가라'는 말은, 성인인 그에게 할 말은 아니었다. 그나마 현실적인 조언이라고 한 것이, 사랑을 나눌 때는 머무는 동네를 벗어나 꼭 KTX를 타고 멀리 가라는 것이었다.

그러나 그마저도 소용없었다. 지금 당장 보고 싶고, 잠시라도 손 한 번 잡고 싶은 마음이 평생 지켜온 종교인으로서의 금욕적 계율보다 앞섰다. 들끓는 사랑의 화염에 휩싸인 채, 언제 기차역까지 달려간단 말인가. 덕분에 그의 사랑은 그 동네에 다 알려졌고, 그는 성직자로서 너무 많은 것을 잃어야 했다. 때로 그 과정은 수모와 치욕과 고통이었음에도, 그는 단 한 번도 자신의 사랑을 후회하지 않았다. 그저 자기 때문에 그 사람이 더 힘들까봐, 오직 그것만이 걱정된다고 말했다.

역시 내가 할 수 있는 일은 그저 침묵한 채 몸에 좋다는 도라지즙이나 칡즙을 구해 택배로 부치는 일이었다. 몇 년 후, 그는 파계했음을 전화로 알려왔다. 그의 목소리에서 그 어떤 여한이나 후회의 징후는 없어 보였다.

2. 불륜의 사랑

인상적인 또 다른 사랑은 소설 속에서 만났다.

여수의 홍합 공장을 배경으로 벌어지는 질펀한 남도의 이야기가 한판 굿을 보는 느낌으로 펼쳐지는 한창훈의 장편소설 『홍합』에서는 전라도의 끈적한 입담과 더불어 등장인물들의 이야기가 오물오물 찰떡을 씹는 맛으로 읽힌다.

그 눙치고 살가운 인물의 서사 속에서도 단연 빛나는 장면은 도시에서 온 총각인 문 기사와 아이 있는 유부녀 석이네의 애절한 사랑이다. 속 썩이는 남편과 지긋지긋한 가난에 몸과 마음이 피폐해지면서도, 문 기사를 향한 석이네의 마음은 이렇게 흘러간다.

정말로 문 기사와 데이트를 한다면 어떨까 싶어서 그녀는 불가에 쪼그리고 있지만 몸과 달리 마음이 멀리로 떠다녔다. 일에서 벗어나 극장 구경도 가고 제과점에 들어가 팥빙수도 사 먹고 음악도 듣는다면, 한 삼 년, 아니 한 삼 일 그것도 아니, 한 세 시간만이라도 그와 단둘이서 아무도 없고 아무것도 없고 듣기에 좋은 음악을 들으면서 얼굴이나 한없

이 들여다보고 손이나 한없이 만져보고, 말이나 한없이 나
눠보고, 아, 한번쯤 뜨겁게 꺼안아봤으면 싶다.

— 한창훈, 「홍합」

그러나 석이네는 이런 소박한 사랑조차 현실에 옮기지 못한
다. 사랑이란 것이 알맹이는 쏙 빼먹고 빈 그릇에 수북이 쌓여
지는 몰골사나운 홍합처럼, 그렇게 남발되고 버려지는 세상임
에도 석이네는 그저 마음으로만 문 기사를 품는다.

『홍합』의 석이네는 같은 작가의 소설집 『나는 여기가 좋다』
의 「밤눈」에서 술집 주모로 부활한다. 어느 눈 내리는 날, 선술
집 주모가 화자를 대상으로 주절주절 늘어놓는 사랑의 이야기
가 이 글의 전체를 채운다.

잠자리에서 조근조근 이야기를 들려주고, '무조건 당신이 좋
아요'로 시작되는 유행가를 불러주던 섬세한 남자와 사랑에 빠
진 주모. 그러나 그 남자는 이미 가정이 있고, 그들은 시한부로
자신들 사랑의 유효기간을 정해버린다. 약속된 2년 반이 한참
이 흐른 7년 후 어느 날, 남자는 울먹이는 목소리를 전화기 저
편에서 들려주고, 그 남자도, 주모도 단 한 번만이라도 만나자
는 가슴속 말을 꺼내지 않는다. 주모는 이렇게 말한다.

그 사람, 내가 사랑했던 사람.

나는 우리 사랑이 성공한 사랑이라고 생각하고 있소. 헤어졌지마는 실패한 것이 아니다 이 말이요. 연애를 해봉께, 같이 사는 것이나 헤어지는 것은 중요한 것이 아닙디다. 마음이 폭폭하다가도 그 사람을 생각하믄 너그러워지고 괜히 웃음이 싱끗싱끗 기어 나온다 말이요. 곁에 있다면 서로 보듬고 이야기하고 그런 재미도 있겠지만 떠오르기만 해도 괜히 웃음이 나오지는 않지 않겠서라우. 아, 곁에 있는디 뭐하러 생각하고 보고 싶고 하겠소. 그러니 결혼해서 해로한 것만큼이나 우리 사랑도 성공한 것 아니겠소.

- 한창훈, 「밤눈」

3. 성공한 사랑 판별법

누구나 다 자기만의 방식대로 사랑을 한다. 이만큼까지 가기도 하고 저만큼까지 가기도 한다. 불꽃같이 타올라서 산화되기도 하고 황동규의 「즐거운 편지」처럼 해가 지고 바람이 부는 일처럼 상대방에게 사소한 풍경 정도로 자신의 사랑과 기다림을 지속하기도 한다. 독약을 먹고 죽음을 선택하는 오페라 「트리스탄과 이졸데」의 사랑이 있고, 단지 첫눈에 반했다는 이유로 혼수상태에 빠진 여인의 병상을 지극 정성으로 지키는 영화 「그녀에게」의 연인도 있다.

벼락같이 다가온 사랑을 위해 구도의 길에서 잠시 걸음을 멈춘 성직자도 있고, 만지고 싶지만 그러지 않는 홍합 공장의 여자도 있으며, 살 부비고 사는 대신 그리움과 추억을 화분에 심어놓는 주모도 있다.

이제 처음에 던진 나의 애매한 질문에, 내가 스스로 답을 할 차례다. 우리는 무엇을 보고 성공한 사랑이라고 말할 수 있을까? 결혼을 했든, 안 했든, 이혼을 했든, 이별을 했든, 사랑의 대상을 떠올릴 때, 자신이 아낌없이 다 줬다고 생각한다면, 그리하여 '나는 참 착한 사람이었다'는 생각이 든다면, 그것은 성공한 사랑이다. 나의 헌신, 나의 희생, 나의 양보, 나의 기다림, 나의 이타심, 이것만이 성공한 사랑을 만드는 재료이기 때문이다.

당신은 지금 성공적인 사랑을 하고 있는가? 혹은 한 적이 있는가?

4장

희망

내일 일은 몰라도

뚜벅뚜벅

이것저것 생각하지 말고 그저 앞만
보고 뚜벅뚜벅 걸어가자고 마음먹는
다. 그렇게 가다 보면 매복해 있던 신
기한 일들이 선물처럼 나타날 것이
다. 삶의 의외성과 반전을 만난다는
것, 살아 있는 자의 특권 같은 것이
아니겠는가.

내일 일은 몰라도 뚜벅뚜벅

1.

퇴근을 하려는데 메일이 한 통 왔다.

보낸 이는 사십 대 초반으로 치과를 운영하며 두 아이의 아빠라고 자신을 소개했다.

육아에 관심이 많아 육아서도 두루두루 섭렵했습니다. 일과 미래에 대한 막연한 불안감과 스트레스가 쌓이면 가족들이 다 잠든 후 혼자 술을 한 잔씩 했는데, 어젯밤에는 군대에 또 가는 악몽을 꾸고 새벽 4시에 일어났네요. 그리고 작가님 책을 다 읽고 너무 공감이 돼서 메일을 보냅니다.

황송하고 감사했지만 내 책에 대한 과분한 찬사보다 메일의 마지막을 읽고 참 특별한 인연이라는 생각이 들었다.

사족으로 저랑 와이프의 신혼여행은 노매드를 통해 발리로 갔었습니다. 벌써 9년 전에 시청 쪽 사무실에 가서 계약했는데, 시간이 빠르네요. 작가님의 이력을 보고 저랑 와이프도 깜짝 놀랐지요.

9년 전에 내 회사에 찾아와 여행을 예약한 고객이 9년 후에는 내 칼럼과 책의 독자가 되어 나에게 메일을 보낸다. 세상은 참 좁고 죄짓고 살면 안 된다는 말이 딱 맞는 것 같다. '예측불허의 만남과 그 만남으로 파생되는 또 다른 역사들의 집합체가 결국 인생이 아닐까'라고 생각을 하니까, 자연스럽게 히가시노 게이고의 장편소설 『나미야 잡화점의 기적』이 떠오른다.

2.

이 책의 등장인물들은 자신들이 서로 어떻게 얽혀 있는지 모르는 채 얽히고설켜 있다. 그리고 자신들도 모르는 채 영향을 주고받는다. 도움을 준 사람은 모르고 있는데, 도움을 받은 사람은 대박을 치고, 도움을 준 사람은 도둑이 되어 그곳이 어떤 곳인지도 모르고 도움받은 사람의 집을 터는 식이다.

한때 상담소 역할을 겸했던 나미야 잡화점은 폐가가 되었고 이 안에 숨어든 세 명의 도둑이 본의 아니게 편지로 배달되는 사연들의 상담사 역할을 한다. 삶의 시제는 일치하지 않는다. 도둑들은 소설 속 현재인 2002년을 살고, 고민 남녀들은 과거를 산다. 1980년에 사는 사람의 고민을 2002년의 사람이 상담하는 것이다. 그러니까 나미야 잡화점은 시간의 블랙홀이자 과거와 현재를 이어주는 공간이다.

잡화점 속 도둑들은 이미 다 겪어온 시간이니 모든 것을 알고 있다. 암에 걸린 애인을 두고 올림픽 대표가 돼서 애인의 곁을 떠나 있어야 하는지를 고민하는 여자에게, 어차피 모스크바 올림픽은 일본이 보이콧을 할 것이라고는 말하지 못한다. 믿지 않을 테고 미친 사람 취급을 할 테니까. 사랑하는 사람 곁에 있으라고 돌려 말하지만 확신에 찬 상담의 힘은 막강하다.

호스티스가 되려는 가난한 처자에게는 돈을 버는 방법까지 알려준다. '부동산 열풍이 불 테니 땅을 사라, 언제부터는 거품이 빠질 테니 모든 투자에서 손을 떼라, IT 산업이 뜰 테니 인 터넷 사업을 하라.' 여자는 부자가 된다. 고민자들의 인생이 바 뀐다. 읽으면서도 신난다. 나에게도 미래에서 누군가 이런 팁을 준다면 얼마나 좋을까 군침 흘린다. 내가 도둑처럼 누군가의 인 생에 구원이 된다면 얼마나 벅찰까 심장이 두근거린다.

감동도 있다. 가업인 생선 가게를 할 것이냐, 무명 가수로 살 것이냐의 고민 편지 앞에서 도둑들은 이미 알고 있다. 고민자가 보육원 화재 현장에서 아이를 구하려다 죽게 된다는 것을. 구 출된 아이의 누나가 유명한 가수가 되어 이 청년의 곡을 유명 하게 만든다는 것을. 그러나 그것을 말하면 이제는 아이가 죽 게 되니, 안타깝게도 할 수 있는 것은 돌려서, 완곡하게, 그러나 온 힘을 담아 말하는 것뿐이다. "당신이 음악 외길을 걸어간 것 은 절대로 쓸모없는 일이 되지는 않습니다. 당신의 노래에 구원 을 받는 사람이 있어요. 그리고 당신이 만들어낸 음악은 틀림없 이 오래오래 남습니다."라고.

무게가 실려 있는 말, 그러면서도 떨림이 있는 말, 그래서 감 동이 있는 말이다.

3.

나이가 들수록 자신감은 떨어지고 불안감은 커진다. 일과 관련해, 내가 뿌리고 있는 씨앗들이 풍년의 수확으로 돌아올 것이라는 낙관보다는 어쩌면 그냥 다 땅속에서 죽어버리거나 엄한 새들의 먹이가 될지도 모른다는 비관이 더 크다. 허공에서 헛발질과 헛수고를 하는 것일 수 있다는 생각이 들면 무기력해져서 아무것도 하기 싫어진다. 월급을 받는 입장이 아닌 월급을 줘야 하는 입장 탓에 이번 주는 어찌 잘 버텼는데 다음 주도 잘살 수 있을지를 염려하면 머리가 지끈지끈 아프다. 나에게 메일을 보냈던 사내도 새벽에 일어나 술을 마실 만큼 그만의 이유로 내일이 불안했을 것이다. 맞다. 불안은 살아 있는 것들의 공통적인 마음 작용이다. 알면서도 불안은 불안하다.

나미야 잡화점처럼 누군가 미래에서 나타나 내 귀에 속삭여주면 좋겠다.

"지금 하는 일은 잘될 거니 아무 걱정 말고, 저 일은 그만해. 그리고 참고로 900회차 로또 번호는 말야……."

그러나 이런 일이 현실에서 일어날 리가 없다. 나미야 잡화점과 현실의 공통점이라면, 모든 존재가 연결돼 있고 서로에게 끊임없이 영향을 주고받는다는 점이다. 내가 오늘 뿌린 씨앗이 어떤 결실로 나에게 올 것인지도 중요하지만 씨앗을 뿌리는 과정에서 내가 품는 마음과 하는 언행과 내가 만나는 사람들과의 관계가 이후 어떤 모양으로, 나에게 혹은 누군가에게 전혀 예상하지 못한 결과가 될 수 있다는 것도 어마어마하게 중요하다. 엔지니어에게 한 시간 명상 지도를 했는데, 그가 어느 날 스님이 되어 내 앞에 나타날 수 있는 게 인생이다.

그런 생각을 하면 인생이 설렌다. 비행기에 내렸을 때, 어떤 풍경이 펼쳐질지를 짐작하지 못하는 여행자처럼, 인생의 여행자들은 앞으로 나의 삶이 어떤 풍경으로 펼쳐질지를 알지 못한다. 어쩌면 나미야 잡화점의 도둑들이 미래를 말해준다고 해도 흔쾌히 오케이를 하지 못한다면 그것은 설령 불안하고 불확실한 인생이라도 설렘을 뺏기는 삶을 살고 싶지 않아서일 것이다.

이것저것 생각하지 말고 그저 앞만 보고 뚜벅뚜벅 걸어가자고 마음먹는다. 그렇게 가다 보면 9년 전 고객으로 만난 사람을 9년 후 독자로 만나는 것처럼, 매복해 있던 신기한 일들이 선물처럼 나타날 것이다. 삶의 의외성과 반전을 만난다는 것, 살아 있는 자의 특권 같은 것이 아니겠는가.

불안을 번제물로 하여 얻을 수 있는 보상, 그러므로 불안이 밀려오면 불안이 왔음을 알아차리고, 불안을 수용하고, 잠시 머물러 있게 한 후, 그것이 나가면 다시 기운을 차리고, 걸을 힘이 있을 때까지는 앞만 보고 뚜벅뚜벅 걸어보자고, 그렇게 홀로 다짐하는 것이다. 안 나타나면? 그럼 말고. 기다릴 때 설렜다는 것으로 퉁!

다시 꾸는 사장의 꿈

1.

2003년에 창업했다. 16년차 회사다. 10개 창업 기업 중 4곳은 1년 내 문을 닫고 절반은 2년 이내 폐업하며 10년 이상 생존율이 13퍼센트라고 하니(신용보증기금, 2014), 수명으로 본다면 선방한 셈이다. 16년 동안 오만 가지 일이 있었고, 흥興과 쇠衰를 왔다 갔다 했고, 맑음보다는 흐림이 더 많은 것 같았으며, 지금도 월급날만 다가오면 속이 새카맣게 타는 신세지만 직원 월급, 이자, 세금의 연체가 지금 이 시점에서는 없는 것만으로도 홀로 살짝 신통해지려 한다.

무슨 연고인지 내가 머물렀던 회사들이 하나같이 승승장구하고, 그곳에 있던 동기들이 벼락부자가 되거나 갑의 권세를 누리게 되었을 때, 내가 가장 많이 들었던 질문은 "회사를 그만두고 창업한 것을 후회하지 않아요?"다. 설령 후회가 무지막지하게 된다 해도, "엄청 후회돼요."라는 말은 약이 올라서라도 하지 않겠지만, 사실만을 놓고 본다 해도 젊어서 창업한 것은 잘했다는 생각을 매번 했던 것도 같다.

따박따박 월급받는 안정감은 없지만 그래도 내가 하고 싶은 일을 마음껏 저지를 수 있는 자유로움을 사장이 아니라면 어찌 누릴 수 있었으랴. 월요일 오후 2시, 일하기 너무 싫다고 직원들을 다 끌고 소래포구를 가는 도발을 사장이 아니면 어찌 벌일 수 있었으랴.

다만, 몇 년 전 『사장의 본심』이라는 책을 내고 독자와의 만남 행사를 하는데, 느닷없이 어느 남성이 손을 번쩍 들더니, "회사를 크게 키운 사장도 아니고, 성공한 사장도 아닌데, 이런 책을 낸다는 것이 좀 부끄럽지 않으세요?"라는 질문을 한 이후로, 작은 회사 사장은 어디 가서 명함도 잘 내밀지 못하는 우울한 세상이라며 의기소침했지만, 그럼에도 회사를 크게 키우고 싶은 욕망은 생기지 않았다. 작더라도 마음 맞는 사람들과 명랑하게 일하고 마음껏 도발하며 빵을 나눠 먹었으면 좋겠다. 비록 그마저도 동화 같은 일이라는 것을 사장 초기에 알아버렸지만.

일찍 사장이 된 것을 후회하지 않았다 해도, 다시 처음부터 시작하라면 손사래를 칠 것이 또한 사장 노릇이다. 돈으로 고민하고 사람 때문에 머리 아프고, 미래가 불안해 잠을 이루지 못하는 것은 배고픔처럼 주기적으로 다가오는 사장의 일상이었다. 어제 함께 일했던 사람이 내일 다른 곳에서 내 욕을 하는 배신과 불필요하게 생긴 사장과 직원 간의 오해, 죽이고 싶도록 미웠던 경쟁사의 반칙들, 상대의 입장에서는 내가 저들에게 죽일 놈일 것이라는 자책감, 이 모든 감정의 소진 속에서 내가 할 수 있는 자구책은 낮의 삶과 밤의 삶을 분리하는 것이었다.

소설가를 꿈꾸던 동사무소 직원이 낮에는 밥벌이로 일을 하고 밤에는 책 속에 묻혀 본격적인 제 삶을 살았다는 이야기를 들은 적이 있었는데 어느 때부터인가 내가 딱 그 짝이었다. 낮의 지옥과 밤의 천국, 먹고살기 위해 하는 사장일과 잠시라도 그것을 잊기 위해 탐닉하는 밤의 독서와 글쓰기. 이러하니 한 번 굴린 회사를 멈추지 못하고 여기까지 왔을 뿐, 나에게 회사를 크게 키우고 싶은 동력이라거나 기업의 의미 따위를 진지하게 고민할 계기도 없었던 것이다.

그런데 재작년부터 누군가 나에게 꿈이 뭐냐고 물어보면, 아주 큰 기업을 만드는 것이라고 답한다. 그전에는 소설을 한 권 쓰는 것이라 했는데 완전히 꿈이 바뀐 셈이다. 회사가 대박 아이템을 잡은 것일까? Never. 눈멀고 손 큰 스폰서라도 잡은 것일까? 전혀.

그냥 단순한 이유였다. 어느 순간 쉰 살이 됐고, 가만히 생각해보니 정력적으로 일할 시기가 길어야 10년인 것 같고, 그렇다면 아직 눈 잘 보이고 기억력도 큰 무리 없고 체력도 남아 있는 동안, 사업가로서 업적 하나는 만들어야 하지 않겠는가, 라고 생각한 것이 이유의 전부다. 시한부 인생을 선고받은 사람이 그전에는 그냥 시들하게 생각했던 어떤 일에 강렬한 집착을 보이는 심리 같은 것이라고 할까? 그러나 그냥 딱 그 정도의 낭만적 서원에서 진도는 더 나가지 못했다. 계기가 단순하니, 실천력도 딱 그만큼일 수밖에.

그래서 뭘 어떻게 하겠다거나, 그렇게 되었을 때 어떤 행복이 있다거나, 최소한 내가 한 일이 세상에 어떤 기여를 할 수 있는지까지는 고민하지 않고 있었던 것이다.

2.

그러다 책 한 권을 만나면서 그 막연한 꿈을 진지하게 생각하기 시작했다. 대전의 빵집, 성심당의 이야기를 담은 김태훈의 『우리가 사랑한 빵집 성심당』이 그 책이다. 대전에 사는 후배가 내 회사에 놀러올 때마다 사 가지고 온 것이 튀김 소보루와 판타롱 부추빵이다. 내가 간혹 대전에 출장을 가게 되면 대전역에서 길게 늘어선 줄에 동참한 후 반드시 사 가지고 오는 빵도 성심당 빵이다. 그만큼 빵이 맛있다는 것은 익히 알고 있었는데 2019년 예순한 살이 된 이 집의 역사도 빵만큼이나 속이 꽉 차 있을 줄은 예상하지 못했다.

흥남 부두 피난민이었던 창업자가 사과 23알을 살 돈만을 가지고 거제로 내려왔다가 운명처럼 대전으로 터를 옮기게 되고 성당에서 받은 밀가루 두 포대로 찐빵 장사를 시작했다가 대전역 앞 천막 성심당을 거쳐 지금 대한민국 최고의 빵집으로 자리매김할 때까지의 파란만장한 일대기가 책 속에 담겨 있다. 대전의 대표 빵집으로 승승장구하다 2005년에 불이 나서 최대의 위기를 겪기도 하고, 다시 일어나 재기에 성공한 후 눈부신 혁신과 도전을 하는 모습이 더없이 진솔하고 뭉클하며 훈훈하게 펼쳐진다.

그러나 이 책에서 내가 얻은 가장 인상적인 키워드는 책의 표지에도 등장하는 '모두가 행복한 경제'라는 말이다. 빵 하나를 나눠 먹더라도 남보다 내가 더 많이 먹어야 배도 부르고 기분도 좋을 터인데, 어떻게 모두가 행복한 경제라는 말이 가능할까? 그런데 성심당이라는 기업은 이것을 가능하게 만들고 있다. 바로 성심당의 임영진 대표와 그의 아내 김미진 이사가 가톨릭교회의 사회운동이라 할 수 있는 '포콜라레(Focolare, 벽난로) 운동'을 실천하고 있기 때문이다.

포콜라레는 제2차 세계대전 중 이탈리아에서 시작됐고 따뜻한 가족공동체, 형제애, 이타주의적 삶 등을 핵심 가치로 삼는다. 경제에 있어서는 EoC(Economy of Communion) 철학을 행동화한다. EoC에서는 기업이 경영을 통해 공동선을 실현할 수 있다고 믿는다. 자본주의의 핵심을 바꾸기 위해서는 기업이 바뀌어야 하고, 기업가의 생각이 바뀌어야 하며, 가난한 사람을 수혜가 아닌 존중의 마음으로 도와야 한다고 주장한다.

'모든 이가 다 좋게 여기는 일을 한다'를 사훈으로 정하고 사장이 이를 직원에게 발표하는 대목을 읽고 한참 생각에 잠겼다.

흔히 서비스업에서 '모든 이'는 손님으로 치환되는 경우가 많았지만, 부부는 '모든 이'가 남녀노소는 물론 부자와 가난한 자, 손님과 직원, 거래처와 협력업체, 심지어 경쟁업체와 퇴사 후 개인 창업자까지 포함된다는 사실을 분명히 밝혔다. 이 모두에게 형제애를 실현하는 것을 성심당의 경영 이념으로 선포한 것이다.

– 김태훈, 『우리가 사랑한 빵집 성심당』

이런 것이 가능할 수 있을까? 손님과 직원까지는 몰라도, 경쟁업체와 퇴사를 해서 또 다른 빵집을 차린 이전의 직원에게까지 공리의 덕목을 베풀 수 있는 마음이 대체 어떻게 생기는 것일까?

포콜라레를 알기 이전부터 창업주는 빵을 가난한 사람과 나눴고 노숙자들을 위해 시식 빵을 두껍게 썰었으며 매장 앞 포장마차들을 위해 수돗물을 무상으로 공급했다. 또한 매달 수천만 원어치의 빵을 기부하고 회사 수익의 15퍼센트는 무조건 인센티브로 직원에게 돌려준다거나 하는 것들을 성심당은 응당 해야 할 일인 것처럼 드러냄 없이 한다.

단순히 장사하고 남은 빵만 나누는 것이 아니었다. 하루에 찐빵 300개를 만들면 100개 정도를 이웃과 나눴는데, 그 숫자를 맞추려고 종종 무리해서 밀가루를 구입했다. (중략) 그에게 찐빵 장사는 목적이 아니라 수단이었다. 어려운 사람을 도울 수 있다면 장사에 차질이 생기는 것쯤은 아무래도 좋았다.

— 김태훈, 『우리가 사랑한 빵집 성심당』

이런 정도의 기업을 만들 수 있다면, 소설을 쓰겠다는 꿈 대신 모두가 행복한 큰 회사를 만들겠다는 꿈을 구체화해볼 만하지 않은가? 자본주의의 진창에서 오물을 쏟아내는 기업이 아닌 그 진창을 오히려 정화해낼 수 있는 것이 또한 기업의 기능일 수 있다면, 이건 참으로 가슴 두근거리는 도전 과제가 아닐까? 산전수전 공중전을 겪으며 16년을 개똥밭에서 굴러온 작은 회사 사장은 이 책으로 인해 전투력 상승 중이다.

물론, 세상일이 원하는 대로 이루어지는 것도 아니고, 큰 회사라는 것이 만들고 싶다고 만들어질 리는 없을 테지만, '천 리 길도 한 걸음부터'라고 하니 나의 꿈은 유효하고 이제 시작이다. 모두가 행복한 기업, 이건 아무리 되뇌어도 입안이 달다. 기업의 존재 이유로 이처럼 매력적이고 침이 고이게 하는 말이 또 어디 있을까? 또한 쉰 넘어 여전히 꿈을 꿀 수 있다는 것은 얼마나 다행한 일인가.

당신을 위로하는 것들

1.

"그는 지금 전 세계에서 가장 뜨거운 학자로 꼽힌다. (중략) 무엇보다 그에게는 통념을 깨는 파격이 있다. 중세를 전공한 역사학자가 유전공학과 인공지능(AI) 연구의 최전선을 인용해 인류의 진화와 미래를 예측하고, 옥스퍼드에서 박사 학위를 받은 서구 학자가 매년 두 달 가까이 모든 걸 끊고 '견고한 고독'(위파사나 명상 수련)에 들어간다."

한 일간지에 실린 유발 하라리의 인터뷰가 눈길을 끌었다. 출간 3년 만에 45개 언어, 500만 부가 팔려 나간 『사피엔스』를 나 역시 애독했던 터라 관심이 갔지만, 기자가 서술한 파격의 이유

중에 위파사나 명상 부분이 들어 있기 때문이었다.

위파사나vipassanā의 vi는 팔리어로 '세밀한', '잘게 나눈'의 뜻이고 passanā는 '바라본다'는 뜻이다. 붓다의 수행법이라 일컬어지며 내 몸, 느낌, 마음에서 일어나고 사라지는 것을 세밀하게 알아차리면서 세상에 고정된 실체가 없다는 진리를 통찰해내는 명상법이다.

나는 대학원에서 위파사나를 만났고 그 명상법이 서구의 의료와 치유 현장에서 다양하게 적용되고 있음을 목격했다. 유발 하라리는 17년째 계속하는 명상 수련이 없었더라면 스트레스 때문에 약물에 의존하는 삶을 살았을지 모른다고 말하며, 이 명상법이 일상에서도 도움이 되는지를 묻는 기자의 질문에 이렇게 답했다.

"현대인은 온갖 외부 자극 때문에 집중력을 강탈당하고 있다. 나는 명상을 통해 집중력을 유지한다. 외부와 절연하면, 내부에만 집중하게 되어 있다."

세계적 석학의 인터뷰와 그의 명상 수행법을 읽으며 나는 내 강연 중에 있었던 한 가지 에피소드를 떠올렸다. '곁'이라는 프로그램을 진행하면서 생긴 일이다. '곁'은 내가 설계한 3시간짜리 적정자기치유 강연이다. 이 프로그램의 치유적 토대가 '위파사나 명상이다. 짧지만 강력한 명상, 글쓰기, 시, 그림과 연극 등을 통해 자기 객관화와 거리두기 등의 효과를 참여자들이 경험한다. 위파사나의 세밀한 바라봄[觀, 마음 챙김]을 나는 '곁'이라는 네이밍으로 가공하여 보다 쉽고 탈종교적 방식으로 대중화한 것이다.

그날 강연은 약 30명 정도의 참여자와 함께했는데 프로그램 몰입도도 높았고 분위기도 뜨거웠다. 돌아오는 차 안에서 읽은 참여 후기도 대부분 높은 만족도를 드러냈다. 그런데 어느 한 분이 진행자에게 하고 싶은 말을 적으라는 항목에 이렇게 남겼다. "하느님만이 진리다. 열심히 기도하고 주님을 믿으면 행복과 평화는 저절로 온다."

명상을 사이비 종교 정도로 생각하는 이가 생각보다 많아서 이런 반응에 특별한 불쾌감이 올라오지는 않았다. 오히려 남들이 다 명상할 때 이분은 하느님 생각에 얼마나 마음이 불편했을까라는 연민이 먼저 생겼는데, 그것은 어쩌면 내가 그즈음 아침마다 열심히 작은 성당을 다니고 있었기 때문이었는지도 모른다.

2.

촉망받는 서른여섯 살의 젊은 의사가 폐암 판정을 받는다. 스탠퍼드 대학에서 영문학 학사, 석사를 거친 후 같은 대학 의학 전문대학원을 졸업한 이 사람의 이름은 '폴 칼라니티'. 1977년 생이니 유발 하라리(1976년생)와 또래인 셈이다.

수련의 6년 차에 폐암이 발병하고 그럼에도 다시 병원으로 돌아가 수련의 마지막 생활을 성실히 수행하며 병을 이겨내던 중 암이 재발하여 2015년 봄에 짧은 생애를 마감한다.

『숨결이 바람 될 때』는 그가 죽음을 목전에 두고 삶과 도덕, 종교와 인생을 사색하고 기록한 책이다. 문학도답게 문장이 유려하고, 문학적 인용의 폭도 넓다. 무엇보다 어느 새벽 끊어질 듯한 허리를 부여잡고 쏟아지는 기침을 참아내며 쥐어짜듯 적어냈을 그의 투혼이 느껴져 1개의 글자도 외면하기 어렵다. 누구도 피해갈 수 없는 죽음이라는 운명 앞에서 인간은 어떠한 자세를 취해야 하는 것인가를 생각하게 해주는 책이다.

너무나 불확실한 미래가 나를 무력하게 만들고 있었다. (중략) '나는 계속 나아갈 수 없어'라고 생각하는 순간, 그에 대한 응답이 떠올랐다. 그건 내가 오래전 학부 시절 배웠던 사뮈엘 베케트의 구절이기도 했다. "그래도 계속 나아갈 거야." 나는 침대에서 나와 한 걸음 앞으로 내딛고는 그 구절을 몇 번이고 반복했다. "나는 계속 나아갈 수 없어, 그래도 계속 나아갈 거야(I can't go on. I'll go on)."

– 폴 칼라니티, 『숨결이 바람 될 때』

특히 인상적이었던 것은 평생 과학적 세계관과 유물론적 확신을 가지고 살았던 의료인 폴이, 다시 기독교 신앙의 핵심적인 가치(희생, 구원, 용서)를 다잡는 장면이다. 인간의 몸을 해부하고 상상이 아닌 실체로서, 신화가 아닌 물질로서 생명과 죽음을 바라보는 직업인이 자비, 용서와 같은 형이상학적 관념을 매력적인 신의 계시로 받아들인다. 자칫, 병에 걸린 사람의 무력한 종교적 투항으로 읽혀질 만도 한데, 아니다. 영성적 존재로 남고자 하는 한 인간의 고매한 품격이 느껴져 오히려 우아해 보일 정도다.

3.

  내가 하는 일이 내 마음대로 안 되는 경우가 많고, 내 바람이
더 자주 좌절될 때, 좋은 성품을 가진 몇몇의 친한 신앙인들이
자꾸 눈에 들어왔다. 하느님을 이야기할 때 그들은 더 순한 눈
빛이 되었으며, 누군가 귀에 숨결을 넣어주는 듯 생기 찼다. 무
엇보다 외줄 타기로 위태로운 내 눈에 그들은 무언가 기댈 언덕
하나씩을 가지고 있는 듯해서 부러웠다. 나는 그들에게 당신의
하느님은 어디에 있느냐고 물었고, 어떤 모습이냐고 물었다. 그
들은 각각의 방식으로 답했고, 나는 들었다.

  출근길에 성당에 들르기 시작한 건 그즈음이었다. 집 앞의
병원 앞 작은 기도 공간은 적요했다. 모태신앙이었지만 오랫동
안 냉담했던 나에게 기도는 낯설었다. 다만 내 기도는 무언가
를 이루게 해달라는 것이 아니었다. 『숨결이 바람 될 때』에서
폴이 그랬던 것처럼, 계속 나아가게 해달라고, 계속 삶을 헤쳐
나아갈 수 있는 용기를 달라고 기도했다. 살면서 나에게 도움
을 준 사람들을 절대 잊지 않게 해달라고 기도했다. 생각보다
너무나 많은 주변의 도움 속에서 삶을 이어온 것을 늘 감사하
게 해달라고 기도했다. 마음은 편안하고 든든했다.

그리고 명상했다. 내 발바닥에, 엉덩이에, 등에, 이마와 혀 안쪽에 주의를 기울이며 어떤 감각인지를 알아차렸다. 내 기분이 어떤지를 바라봤고 주변의 소리에 귀 기울였으며 내 호흡의 물결을 한참 동안 따뜻하게 지켜봤다. 지금 여기서 숨 쉬는 것 외에 모든 생각은 실체 없는 허상이라는 사실을 확인했다. 어쩌면 나조차도 실체 없는 것이라는 근원적 물음도 이어졌다. 머리는 맑고 들뜸이 가라앉았다.

기도가 밥이었다면 명상은 물과 같은 것이었다. 기도를 통해 든든했고 명상을 통해 맑아졌다. 좋은 아침이 계속돼왔고 지금도 계속되고 있다.

4.

인공지능을 이야기하는 미래학자는 명상을 하고, 죽음을 선고받은 의학자는 하느님 앞에 무릎을 꿇는다. 그리고 흰머리가 점점 늘어나는 나는 명상을 하고 기도를 한다. 유한하고 무력한 인간은 질병, 노화, 커다란 시련 등의 변화 앞에서 특히 의지가 될 무언가를 잡고자 한다. 넘어진 어린아이가 울음을 터뜨리며 엄마의 도움을 찾는 것처럼 이것은 너무나 자연스러운 현상이다. 특히 만일 당신이 종교를 가지고 있다면, 명상은 당신의 절대자를 늘 곁에 모시는 습관일 것이라는 생각도 요즈음 많이 한다. 내가 어디에 있고, 무엇을 하고, 어떤 마음인지를 매 순간 알아차리는 것이 명상적 삶이라면 내가 지금 나의 섬김자를 잠시라도 놓쳤는지, 그리하여 내가 또 다른 죄를 짓고 있는 것은 아닌지를 시시각각 알아차리는 것이야말로 신앙인의 중요한 자세가 아닐지를 생각하는 것이다.

우리 모두는 살아서는 숨결이고 죽어서는 바람이다. 명상과 기도는 좋은 숨결이고 좋은 바람이고자 하는 행위다. 당신의 명상이 당신을 깨어나게 하기를, 당신의 기도가 당신을 구원하기를, 그리고 나와 세상의 모든 존재가 고통 없이 편안하기를 나는 잠시 묵상한다.

물론, 명상과 기도가 아니어도 좋다. 젊음이라는 호기로운 시간을 지나, 해 지는 고갯길을 걸어가는 중년의 시기에 당신을 위로해줄 수 있는 무언가가 있다면, 그 자체로 의미 있고 소중하다. 그것들과 동무하여 당신의 여정이 조금이라도 덜 고단하고 덜 외롭기를 나는 또한 기도한다.

누군가 나를 위해

1.

심보선 시인이 낳은 말처럼, '초 단위로 조용히 늙고 싶었다.' 진행 중인 늙음을 알아차리면서 무감한 여유로움으로 그 변화를 수용하고 싶었다. 서른과 마흔을 치열하게 달려왔으니 그럴 만한 자격도 있고 또 충분히 그럴 수 있을 것이라 믿었다.

쉰을 넘고 한두 해가 흘렀을 때, 젊은 시절의 내 노동은 현물로 치환되지 못했음을 인정해야 했다. 잘될 것이라는 희망은 잡히지 않는 추상이었고 통장의 마이너스 수치는 눈에 보이는 구체성이었다. 10년 이상을 운영하던 회사는 작게 비가 새더니 그 구멍이 점점 커져서 난파선처럼 위태로웠다. 한때 회사를 확장하겠다고 무리한 대출을 받은 것이 화근이었다. 이자와 원금을 내기 위해 또다시 대출을 받는 악순환. 특별히 잘못한 것도 없는데, 흥청망청 낭비한 것도 없는데, 왜 이런 고통을 맞이해야 하는지 억울했지만 억울한 사이에도 갚아야 할 하루의 빚은 늘어갔다.

심보선 시인이 「슬픔이 없는 십오 초」에서 말한 대로, "이렇게 된 것은 이렇게 될 수밖에 없었던 것이다"를 밥처럼 읽고 위로받으며 꾸역꾸역 살아내는 날들이 이어졌다. 2017년 초에 극심했다.

몇 번의 이자를 연체하고, 카드가 정지되고, 줘야 할 돈을 주지 못해 전화 소리만 들어도 경기를 일으키다가 친한 사람들에게 돈을 빌리자는 생각이 유혹처럼 들었다. '한 번도 그런 적 없었으니 빌려줄 거야. 누구에게 먼저 부탁을 할까.' 인간의 뇌는 확정한 것의 옳고 그름을 판단하기보다 결정된 것의 알리바이와 구실을 먼저 만들도록 세팅돼 있다. 다행히도 이번에는 뇌세포가 그 매뉴얼에 반란을 일으켰다.

에라이! 그럴 바에는 그들에게 영업을 하자!

돈을 빌려달라는 구차함보다는 내 물건을 사달라는 협박이 백배 당당할 것 같다는 생각이 혹 하고 들었다. 그래도 누군가의 눈물을 흘리게 하지 않고 오십을 살아왔다는 자신감으로 며칠 밤을 새워 3시간짜리 명상 치유 프로그램을 만들었다. 기획자도 나였고 강연자도 나였다. 그리고 메일로 알리고 전화로 알리고 직접 찾아가서 알렸다.

그 과정에서 나는 지인들에게 거의 은혜라고 불러도 좋을 도움을 톡톡히 받았다. 일하는 틈틈이 회사 사람의 눈치를 보며 내 프로그램의 제안서를 만들어준 후배 J, 프로그램의 로고를 만들어준 S, 도입부의 음성 녹음을 자처해준 H, 자신이 운영하는 팟캐스트를 통해 선배의 프로그램을 발 벗고 홍보해준 W, 그 내용이 무엇이건 나라는 이유로 첫 번째 클라이언트가 되겠다며 선급금을 보내온 J형, 술자리에서 조용히 불러내 박카스 값이라며 오만 원짜리 한 장을 쥐어주던 D형, 밥 거르지 말고 재기하라며 피자를 보내준 L누님, 힘든 아빠에게 소주와 순댓국을 사준 나의 딸…… 일일이 호명할 수가 없을 정도로 온정의 손길이, 과장한다면 '사랑의 리퀘스트' 수준이었다.

그 동력으로 재기의 시동을 제대로 걸 수 있었다. 반년이 지난 후 내가 만든 프로그램은 내 회사의 대표 상품이 되었고, 쓰러지는 회사를 두 손으로 일으켜 세우는 골리앗의 역할을 하기 시작했다. 작가로서의 보람과 즐거움에 더해 강연자의 기쁨과 기분 좋은 설렘도 새롭게 알게 됐다.

나에게 도움을 준 사람들을 절대 잊지 않게 해달라고, 그들의 이름을 하나씩 부르고, 그들의 얼굴을 떠올리며, 이 위기가 지나더라도 그들에게 받은 고마움을 죽을 때까지 기억하게 해달라는 기도를 그때 참 많이 했다. 기도가 이어지면서, 지금의 이 힘든 시기에 나에게 특별한 도움을 준 사람들만이 아니라, 내 인생 전체가 누군가의 도움 속에서 지어진 것이라는 자각이 스르륵 스며들었다. 내가 잊고 있거나, 무심했거나 아예 생각도 하지 못했거나 더러는 기억하고 있거나 그런 모든 존재들의 손길 속에서 내가 여기까지 온 것이라는 내면의 소리를 나는 아침마다 듣기 시작했다.

겸손해야지, 감사해야지, 그리고 초 단위로 조용히 늙을 것이 아니라 초 단위로 더 열심히 노동해야지, 그리고 누구에게든 나의 것을 되돌려줘야지, 빚 갚아야지, 그것이 내 인생의 숙제지, 라는 말을 기도소에서 나오면서 늘 중얼거렸다.

2.

점쟁이에게 줄초상을 치를 것이라는 점괘를 받고 600만 원짜리 굿을 하라는 처방을 받은 여자가 있다. 그러나 특별히 고민할 것도 없는 것이, 당장 그녀에게는 그만큼의 돈이 없었다. 점쟁이를 소개해준 선배는 미안한 마음에 여자를 위로한다. '예전에는 굿을 하면 굿판의 떡과 과일로 70가구, 280명을 먹여 살렸대, 그냥 보시해서 업보를 풀라는 뜻으로 받아들여. 굿 대신 내가 간절히 기도해줄게.'

선배의 말에 위로받으며 여자는 오히려 열심히 살아야겠다고 생각한다. 살아가는 동안 280명에게 따뜻한 밥 한 끼 나눠주겠다고 다짐한다. 자신의 삶도 누군가에게 빚지고 있다는 자각, 삶을 바라보는 시선의 성장. 그 여자, 은유의 책 『싸울 때마다 투명해진다』 중에서 「오래 고통받은 사람은 알 것이다」의 내용이다.

그러나 나는 어쨌든 살아야 했다. 우박이 쏟아지든 산사태가 일어나든 밥 짓고 빨래하고 살아갈밖에 달리 방법이 없었다. 나는 삶 외부에서 초월적으로 존재하는 신이 아닌 나의 하루를 모셔야 했다. 나에게 닥친 우연에 저항하지 말고 운명을 회피하지 말고 삶의 요청을 수용하기로 했다. (중략) 나의 삶이 누군가에게 빚지고 있다는 사실이 뜨겁게 자각

되었다. 삶을 옹호하는 본능일까. 주위에 더 눈길을 돌리고 더 아우르며 마음 다해 살 수 있었다.

— 은유, 『싸울 때마다 투명해진다』

작가는 『싸울 때마다 투명해진다』를 서른다섯 살부터 마흔다섯 살을 경유하는 한 여자의 투쟁 기록이라고 정의했지만 그 기록의 사유는 너무나 깊고 그 연원은 꾸미지 않고 생생하며 특히 기록의 문장은 매혹을 넘어 치명적으로 황홀하다. 자기가 좋아서 무언가를 했던 사람의 나무에는 비교할 수 없을 만큼의 다디단 과실이 열린다. 좋아서 했던 절실한 자기 학습과 풍성한 독서 속에서 뽑아낸 인용과 시詩를 골재로 하여, 여자의 본분과 인간의 존재와 사랑이라는 의미와 일이라는 가치에 대해 이야기할 때 그녀의 언어는 진정하고 활자에서는 사람의 향기로 온통 분분하다.

나는 이 에세이를 읽으며 나의 고통, 그리고 그 고통 속에서 얻는 주변 사람들에 대한 고마움, 내 인생 전체의 빚짐을 더 선명하게 바라볼 수 있었다. 무엇보다, 초 단위로 확인하는 우아한 늙음보다 초 단위의 노동을 선택한 동지를 만난 듯해 기뻤다.

삶은 번번이 낙관을 조롱하고 순항을 방해한다. 이만큼을 얻으려고 했으나, 막상 손에 든 것은 늘 요만큼이거나 그마저도 손가락 사이로 술술술 빠져나간다. 좌절하고 낙담하고 한강을 바라보고 고층 빌딩의 옥상을 올려다보며 그만 쉬고 싶다는 생각을 수시로 들게 하는 것이 인생이라는 놈이다. 남들은 다 잘 살고 있는데, 나만 운이 지지리 없이 망해가고 있다고 비교하는 것이 대부분 사람들의 공통점이다. 특히 중년 이후 이 증세는 거의 보편적이다. 너나없이 그러하다.

그럴 때 가만히 눈을 감고 숨 쉬는 것을 지켜본다면, 지금 이 순간 그 호흡 외에 어떤 것도 진실이 아니라는 것을 느낄 수 있을지 모른다. 어쩌면 숨을 쉬고 있다는 것이 기적 같은 일이라는 고마움이 울컥 올라올 수도 있을 것이다. 오지 않은 일들은 어떻게든 풀릴 것이고, 지나간 시간들은 다 지나간 것이며 오직 숨을 쉬는 지금만이 진짜라는 생각이 들 때, 그때 이렇게 생각해보자. 누군가 나를 위해 기도해줬기에, 내가 지금 숨을 쉬고 있는 것이라는 생각. 이제는 내가 남에게 나를 잘 쓰이는 삶을 살아야 할 것이라는 다짐이 생긴다면, 당신은 지금 참 좋은 삶의 여정을 향해 가고 있는 것이다.

52주의 약속

무엇보다도 내 길을 속이지 않았다. 내 길을 내 방식대로,
나 자신 믿을 수 없을 정도로 정직하고 우직하게 걸었다.
(중략) 오르면 멀리 보고, 내려서면 꿈꿀 수 있었다. 산은 한
계를 도전하는 삶과 같았다.

— 이필형, 『숨결이 나를 이끌고 갔다』

30년 가까이 일한 직장에서 정리된 이필형은 2013년 7월 16일
부터 9월 4일까지 지리산 천왕봉부터 설악산 진부령까지 능선
을 타고 걷는다. 누구나 막막한 현실을 만날 때 무엇인가를 시
도하면서 답을 찾을 수 있다는 것을 알려주고 싶어서, 그는 걷

고 『숨결이 나를 이끌고 갔다』라는 책을 냈다.

　읽는 내내 무거운 배낭을 들고 그 힘든 산길을 걸어가는 남성의 뒷모습이 어른거려 코끝이 찡했다가, 중산리 초입부터 진부령까지 백두대간의 등뼈를 밟고 있는 나의 모습을 상상했다가, 오래전 내가 보았던 어떤 글이 문득 생각났다.

　내가 운영자로 있는 놀이 커뮤니티 게시판에 사십 대 후반의 남성 회원이 쓴 글이 화제가 된 적이 있다. 제목이 '52주의 약속'이었는데 그 내용을 요약하면 이렇다.

　글쓴이는 몇 년 전부터 등산을 열심히 다니고 있는데 산악회 회원 중에 연세가 일흔 되신 분이 있다. 이분은 나이가 무색하리만큼 큰 배낭을 메고 비록 우보산행牛步山行을 하면서도 대열에서 뒤처지는 법이 없어 많은 이들에게 존경을 한 몸에 받고 있는 어른이었다. 등산에 대한 풍부한 경험과 해박한 지식을 가진 그 어르신이 한 말 중에 글쓴이에게 큰 울림을 준 것이 있으니 바로, '산에 다니는 것을 기독교인이 주말에 교회에 다니는 것과 같이 하라'는 말씀이다.

　이후 글쓴이는 매주 토요일 아니면 공휴일에 1년에 적어도 52번은 산에 가기로 마음을 먹는다. 52주의 약속을 지키기 위하여 금요일은 가능한 한 술 약속을 하지 않고, 토요일 꼭두새벽에 일어나 일을 마무리하고 배낭을 치켜들고 집을 나선다. 비가 오나 눈이 오나 바람이 부나 이미 12주의 약속을 지켜낸 와중에 이 글을 쓰게 된 것이다. 지난주 속리산 산행을 다녀오고 그 산행 길에 생각해낸 신라 시대 최치원이 쓴 한시로 이 글은 마무리된다.

> 도道는 사람을 멀리하지 않는데, 사람은 도道를 멀리하고
> 산山은 속세俗世를 떠나지 않으나, 속세俗世는 산山을 떠나는
> 구나(道不遠人 人遠道 山非離俗 俗離山)

이 글에 대해 많은 회원들이 뜨겁게 반응하며, 스스로를 되돌아볼 수 있는 계기가 되었다고 했다. 계획도, 목표도, 꿈도 모두 남의 이야기로만 생각했는데 이 글을 보면서 자신을 돌아보며 반성하게 되었다고도 했다. 실제로 우리는 연초나 설날 즈음에 '새해 복 많이 받으세요'라는 말을 수없이 주고받는다. 언제부터인가 나는 그 덕담의 끝에, "올 한 해 가장 이루고 싶은 계획은 무엇인가요?"라는 물음을 지인들에게 툭툭 던지고는 했다. 그럼 대부분의 대답은 "계획이 어디 있어요? 그냥 몸 건강히 즐겁게 사는 것이죠."라거나 "글쎄요. 아직 생각을 안 해봤는

데요."라며 머리를 긁적인다. 아주 가끔 담배를 끊겠다거나, 뭔가를 배우겠다거나 하는 구체적인 답변을 하는 사람도 더러 있지만 특히 시간이 왜 이렇게 빨리 가는지 모르겠다고 푸념을 하는 사람들 대부분은 이 질문 앞에서 많이 머쓱해한다.

생각해보면 나는 마흔의 강을 아주 힘들게 건넜다. 마흔 넘고 거의 3년 동안 나는 마흔병에 시달렸다. 그 병의 정체는 구체성이 주는 불안감이었다. '나는 잘될 거야'라는 근거 없는 믿음은 이삼십 대의 특권이었다. 마흔이 되었을 때는 연봉과 아파트 평수와 자동차 배기량이 내 삶의 성적표라는 생각이 들었다. 더 이상 '걱정 마, 나만 믿어'라는 말을 아내에게도 자식들에게도 할 수 없을 때 나는 초조했고 어디론가 달아나고 싶었다. 이렇게 속절없이 늙는 것이라는 부담감이 나를 힘들게 했다. 이것을 하자니 너무 늙은 나이였고 저것을 하자니 아직 덜 늙은 나이가 마흔이어서, 딱히 무언가를 할 생각도 못한 채 마흔, 마흔하나, 마흔둘을 보냈던 것이다.

마흔병이 치유된 것은 계획의 힘이었다. 한 해의 마지막 날에는 의식처럼 다음 해의 계획을 세웠다. 딱 2개 정도씩 꼭 하고 싶은 것들, 이른바 버킷 리스트를 굵직하게 정리했다. 최소한 2년에 한 번씩 책을 출판하자는 계획도, 테니스를 배워보자는 계획도, 이십 대 때 인도 여행의 끝에서 마흔 넘으면 꼭 불교 철학을 공부하겠다는 계획도, 더 늦기 전에 대학원 공부를 하자는 계획도, 합창단을 해보겠다는 계획도 모두 나의 홈페이지에 올라가 있는 마흔 이후의 새해 계획이었다.

부분적으로 지키지 못한 것도 있지만 스스로 흐뭇한 것은 거의 대부분을 실천했다는 것이다. 마흔 넘어 내 이름으로 책이 8권 나왔으며 테니스도 9년 넘게 치고 있다. 불교 대학원에서 불교 철학을 수료한 것도 온전히 계획의 힘이고, 작년 성당 성가대에 가입해 성가를 하고, 아마추어 성악가 양성 프로젝트에 지원한 후 오페라 공연을 한 것도 마흔에 세운 서원의 힘이다.

이렇게 하나씩 하겠다는 일들이 이루어지면서 마흔의 우울증 자리에 성취감이 찾아왔다. 나이를 먹는 것이 오히려 든든하고 뿌듯하다는 생각까지 하게 되었다. 쉰 하고도 몇 년이 넘은 지금, 마흔 살은 그냥 아기 같고, 그때 왜 그리 엄살을 부렸는지 싶지만, 그 엄살로 인해 쉰을 덜 고통스럽게 맞이할 수 있었다는 것에 대하여, 지금 이 나이도 충분히 재미있다는 것에 대하여, 당시의 방황이 꽤나 고맙다.

당시 '52주의 약속에 달린 댓글들 중에서 기억나는 것 몇 개를 소개한다.

"주옥같은 글 감사합니다. 저는 52주의 약속으로 주 1회씩
만 술을 마시겠습니다."
"52주 책 읽기를 꼭 실행하겠습니다. 1주에 50페이지씩 읽
기면 너무 소박한가요? ^^"
"저는 크리스천이라 일요일에 꼭 교회를 가는데 어른이 돼
서 딱 한 번만 52주를 채운 듯하네요. 올해는 저도 52주의
신앙생활을 실천해보겠습니다."
"매주 일요일 저녁 8시에 가족회의를 합니다. 52주의 약속
으로 가족회의를 빼먹지 말고 꼭 하기로 정했습니다."
"뭔지 나도 약속을 해야 할 것 같은 분위기? 고향에 계신
부모님께 매주 전화하기로 할래요. 쉬운 것 같지만 이거 은
근 어려운 거거든요."

숨결은 누군가를 이끌고, 계획은 초조함을 느끼는 누군가를
끌어준다. 벌써 오십이 아니라, 앞으로 남은 50년이라고 하는
순간, 조급함은 느긋함으로, 불안은 희망으로 슬그머니 옷을
갈아입을 것이다.

여행과 독서의 취향

1.

모든 예측 가능한 것들에는 감동이 없다. '안 봐도 비디오'라면 비디오를 틀 필요가 없다. '안 들어봐도 뻔할 뻔 자'라면 대화를 할 필요가 없다. 그림이든 음악이든 예술의 본질은 상상의 범위 밖에서 훅 하고 침범해서 툭 하고 감성을 건드리는 것이다. 사랑도 그렇지 아니한가. 같은 사물을 다르게 바라보는 또 다른 우주와의 결합, 이 오묘한 즐거움이 사랑의 교묘한 기쁨이 아니던가.

여행은 집이라는 안전한 공간, 일상이라는 예측 가능한 시간을 벗어나 불확실 속으로 몸을 던지는 행위다. 누구를 만날지, 무슨 일이 벌어질지, 무엇을 볼지를 모르는 그 자발적 모험에 여행자는 기꺼이 돈과 시간을 투자한다.

'묻지 마 관광'이라는 것을 기획한 적이 있다. 달리는 관광버스에서 불륜의 중년들이 부비부비 하는 관광이 아니고, 참여자는 여행에 대해 아무것도 모르고 시작하는 여행이 '묻지 마 관광'이었다. 어디로 갈지, 무엇을 할지를 모른 채 사람들은 집결 장소로 모여들었다. 버스를 타고 가다 문득 멈춰 서서 들꽃을 바라보는 의외성, 나는 그런 여행을 만들어보고 싶었다.

인터넷 하나면 여행지의 모든 것이 안 봐도 비디오가 돼버리는 정보의 세상 속에서, '아는 만큼 보이는 것'이 아니라 '아는 만큼 식상한 것'이 될 수 있겠다고 나는 생각했다. '묻지 마 관광'은 몇 년 전까지 10년 이상 지속됐고, 지금도 그 여행을 이야기하는 사람들이 있다.

문학 여행의 경우라면 이야기가 달라진다. 작가가 상상하고 그려낸 것들을 독자의 눈으로 확인하고 느껴보는 여행은 의외성보다는 직접 작품 속으로 들어가는 입체적 즐거움을 준다. 김승옥이 묘사한 「무진기행」 속 안개, "이승에 한이 있어서 매일 밤 찾아오는 여귀가 뿜어내놓은 입김과 같았다."를 읽지 못했다면 순천의 여행은 밋밋했을 것이다. 마찬가지로 조정래의 『태백산맥』에서 '쫀득쫀득한 겨울 꼬막 맛'이라는 그 관능적인 문장을 미리 만나지 못했다면 별교의 꼬막이 그렇게 특별하게 다가올 리는 없었을 것이다.

그런 면에서 2016년 일본 여행은 예측을 전혀 배신하지 않은 오사카로 인해 심심했고, 배낭 속에 챙겨간 소설 『금각사』와 소설 밖 금각사로 인해 행복했다.

2.

미시마 유키오의 『금각사』는 소설 자체는 말할 것도 없고 소설 외적인 부분에서도 흥미를 자극했던 책이다. 한국의 유명한 소설가가 미시마 유키오의 「우국憂國」을 표절했다는 의혹을 받았을 때, 그 책은 읽지도 않았고 대신 『금각사』는 읽었노라고 인터뷰함으로써 당시 이 책이 베스트셀러가 되기도 했다. 또한 1970년, 도쿄 자위대 본부를 점거하고 자위대의 봉기와 '천황 폐하 만세'를 외치며 할복자살한 작가의 정신 사나운 죽음 역시 국제적인 화제가 되기도 했다.

1950년 21세의 학승, 하야시 쇼켄이 벌인 금각사 방화 사건을 모티브로 쓰여진 『금각사』는 탐미 문학을 이야기할 때 늘 첫 손가락에 꼽히는 소설이다. 아름다움을 최상의 가치로 보고 모든 것을 미美의 관점에서 파악하는 예술 사조에 작가의 문체와 주제와 스토리가 완전하게 병합된다. 소설 속에서 금각사는 미의 원형이며 완성체다.

몸도 약하고 선천적인 말더듬이 증세를 가진 주인공 '미조구치'는 세상과 단절되고 관계에서 고립된 채 자신만의 세계에 빠져든다. 누구에게도 사랑받지 못하고 존재감을 드러내지 못하는 미조구치가 그 열등감과 고독을 해소하는 방법은 두 가지다. 하나는 남에게 이해받지 못할 행동이나 위악적 행위를 통해 자신을 드러내는 것이며, 또 하나는 어려서부터 아버지에게 들었던 금각사를 절대적인 미의 상징으로 설정하고 때때로 금각과 자신을 동일시하기도 하며 현실의 위로와 미래의 구원을 공상하는 것이다.

1944년 전쟁 말기에 금각사의 도제가 되면서 금각과 관계는 더 친밀해지고 밝은 성격의 '쓰루카와', 영악하고 현실적인 '가시와기' 등과의 교제를 통해 주인공은 소년에서 청년으로 성장해간다. 그러면서도 금각은 그의 성장만큼이나 다양한 모습으로 그와 관계된다. 자신이 추한 만큼 그 보상 심리로 금각은 더 아름다워 보였다가, 공습으로 금각이 부숴지는 상상을 하며 자신의 죽음과 동질감을 느끼기도 했다가, 전쟁이 끝나자 금각의 연대와 동료 의식이 깨지기도 하고 영원히 소유하겠다는 소유욕이 생기기도 한다.

환장할 일은, 여자와 결정적 순간에 꼭 금각이 환영으로 등장해서 산통을 깨버리는 것이다.

> 위엄으로 가득한, 우울하고 섬세한 건축, 벗겨진 금박을 여기저기에 남긴 호사(豪奢)의 주검 같은 건축, 가까운가 싶으면 멀고, 친하면서도 소원하고 불가사의한 거리에, 언제나 선명하게 솟아 있는 그 금각이 나타난 것이다.
>
> — 미시마 유키오, 『금각사』

나는 저 문장을 보면서, 금각사가 정말 보고 싶었다. 팔팔한 청춘의 하초 기립마저 일순간에 풀 죽게 하고 여인들에게 벗은 옷을 다시 주워 입게 만들었던 금각의 완전한 아름다움이란 대체 어떤 것인지 내 눈으로 보고 싶었다. 게다가 답사계의 레전드, 유홍준 선생은 『나의 문화유산답사기 일본편 4 - 교토의 명소』에서 금각사를 청수사와 함께 교토 관광의 양대 메카라고 소개하며 다음과 같이 표현해 금각사로 향하는 나의 발길을 더 재촉했다.

> 눈발 속에서 빛나는 금각은 마치 흰 사라紗羅를 휘날리는
> 아름다운 여인의 자태를 연상케 했다. 그것은 '시각적 관능
> 미'였다.
> 그러나 범접하기 힘든 우아한 아름다움을 지닌 '시각적 관
> 능미!'
>
> — 유홍준, 『나의 문화유산답사기 일본편 4 — 교토의 명소』

　나는 가끔 유홍준 선생이 홈쇼핑 채널에 나와 해남 고구마나 영주 도넛 등을 팔면 대박이 날 거라는 공상을 하곤 하는데, 그만큼 답사기 속에서 선생의 글은 배낭을 꾸리게 만드는 유혹력이 대단하다.

　실제로 본 금각사는 황홀했다. 경호지란 이름을 가진 호수 위에 금빛으로 번쩍이는 3층 누각 건물은 오래오래 시선을 머물게 했다. 그러나 소설 속에서 주인공을 집착하게 만들고 파괴적으로 탐닉하게 만들었던 그 무엇을 당연히 나는 교감할 수 없었다. '몽상에 의하여 성장한 것이 일단 현실의 수정을 거쳐, 오히려 몽상을 자극하게 되면서' 그 미적 완성도를 더해가는

것은 미조구치의 금각사였지, 나의 금각사는 아니었다. 그러나 금각사를 찬찬히 보고, 경내를 여기저기 산책하며 소설의 스토리를 복기하는 즐거움은 미조구치도 누릴 수 없는 나의 특권이었다.

큰스님 노사의 배려로 대학에 진학하지만 노사의 미움을 살 짓만 골라 하는 미조구치는 여전히 세상 사람들에게 인정받고 싶고 사랑받고 싶어 하는 마음이 간절하다. '나 여기에 있다고, 나 좀 봐달라'는 신호로 그는 금각을 불태워버리려는 결심을 한다. 그 결심을 하고 나서야 유곽에서 여자를 제대로 품을 수 있었다. 그는 방화 후 자살을 하려고 수면제와 단도를 구입한다.

'부처를 만나면 부처를 죽이고, 부모를 만나면 부모를 죽이라'는 『임제록臨濟錄』의 구절을 떠올리며 방화를 실현한다. 부처를 죽이라는 것은 세상이 만들어놓은 모든 사상, 철학, 윤리, 관습 등에서 자유로워지라는 것이다. 너의 의지대로 삶을 살아가라는 것이다. 그의 평생을 따라다니던 금각이라는 신화를 그는 전소시킨다. 말더듬이라는 실존을 당당하게 인정하기보다는 늘 금각의 뒤로 숨었던 자신의 피신처를 불태우면서 소설은 이제 마지막 한 페이지만을 남겨둔다.

사람들은 "국경의 긴 터널을 빠져 나오자, 눈의 고장이었다."

276

(『설국』) 라든가 "행복한 가정은 모두 모습이 비슷하고, 불행한 가정은 모두 제각각의 불행을 안고 있다.(『안나 카레니나』)" "오늘 엄마가 죽었다."(『이방인』) 등을 예로 들며 소설 속 첫 문장에 관심을 갖는다. 그러나 나는 『금각사』의 마지막 문장을 보며 전율한다.

> 호주머니를 뒤지니, 단도와 수건에 싸인 칼모틴 병이 나왔다. 그것을 계곡 사이를 향하여 던져 버렸다.
> 다른 호주머니의 담배가 손에 닿았다. 나는 담배를 피웠다. 일을 하나 끝내고 담배를 한 모금 피우는 사람이 흔히 그렇게 생각하듯이, 살아야지 하고 나는 생각했다.
>
> — 미시마 유키오, 『금각사』

내 예측을 통쾌하게 부수는 마무리였다. 나는 실제 방화범이 그랬던 것처럼, 소설 속에서도 주인공이 자살을 시도할 것으로 예상했다. 자신의 어둠이자 빛이자 분신이었던 것을 소멸시키고 스스로 죽음을 선택할 것이라 생각했다. 그러나 담배 한 모금 피우는 사람의 가벼움으로, 정말 아무렇지도 않게, 주인공은 삶을 선택한다. 허무할 정도로 가벼운 이 반전 앞에서, 그리고 저 새털처럼 가벼운 문장 앞에서 나는 예측에 배신당한 쾌감을 즐기고 있었다.

3.

교토는 설령 금각사가 아니더라도 잘 묵혀진 시간의 흔적으로 매력적인 도시였고 나라는 한 손에 꽉 잡힐 듯 공간이 압축적이어서 좋았다. 오히려 나는 오사카에서 지루했다.

2017년에 한국인 여행자가 가장 많이 간 도시 1위가 오사카라고 한다. 저가 항공사가 취항하면서 특히 자유 여행자들이 오사카를 많이 찾는다. 도톤보리, 신사이바시, 난바 등을 걷다 보면 한국인들이 너무 많아 여기가 명동인지, 한국인지 모를 정도다. 도톤보리의 돈키호테 잡화점은 한국 사람들이 점령을 했고, 유명한 라면집, 오코노미야끼집, 타코야키집에도 역시 한국인들이 압도적으로 많다.

여행의 취향도 입맛처럼 나이에 따라 변하는가 보다. 딱 15년 전에 밤도깨비 여행으로 도쿄를 다닐 때는 구석구석이 그렇게 재미있고 음식들은 어찌나 맛있던지 다리가 아픈지도 모르겠더니, 15년 후의 오사카에서 나는 전혀 신명이 나지 않았다. 한국에서 얼마든지 먹을 수 있는 일본 라면과 일본의 음식, 인터넷에서도 주문이 가능한 잡화점들에 도대체 흥미가 생기지 않았다.

더운 태양 아래, 명동 거리를 하루 종일 다니라고 한다면 당장 손사래를 치는 것처럼, 나는—비록 싸다고는 하지만—어쨌든 자기 돈을 내고 와서 이 감흥 없는 자본의 거리를, 우리에게도 너무 익숙한 범용의 도시를 다니는 젊은 여행자를 보며, 그들의 여행이 조금도 부럽지 않았다. 10만 원도 되지 않는 국제선 항공료 이벤트에 서버가 다운되고, 젊은이들은 우동 한 그릇을 먹기 위해 해외를 나가는 세상이다. 그런데 나는 앞으로도 이러한 행렬에 동참하지는 않을 것 같다.

최소한 나는 소설 『금각사』의 마지막 페이지와 같은 반전의 여행지를 꿈꾼다. 붓글씨체로 아주 멋진 한자로 쓰여진 '금각사'의 입장권처럼 일반적인 예측을 배신하는 요소들을 여행지에서 자주 만나고 싶다.

책과 여행은 공히 뒤통수를 때리는 놈들이 좋다는 것, 일본 여행에서 정확하게 확인한 독서의 취향, 여행의 취향이다. 기쁘다. 노안 이후의 이런 기호를 확실히 알 수 있어서.

우아한 양식

1.

'오리엔탈리즘'이라는 말을 세상에 알리며, 동양에 대한 서구인들의 왜곡된 시선을 체계적으로 비판한 작가는 에드워드 W. 사이드다. 그는 말년에 천재적 예술가들의 말년과 작품을 탐구한다. 시대가 낳은 불후의 인물들은 말년에 어떤 작품들을 남긴 것일까? 나이가 들면 사람들은 조화롭고 포용심이 강하고 순해지고 평화로워진다는데, 그들의 작품 역시 이런 시의적인 흐름을 따르고 있는 것일까?

그는 이런 의문을 품고 리하르트 슈트라우스, 모차르트, 장주네, 주세페 토마시 디 람페두사, 루키노 비스콘티, 글렌 굴드, 콘스탄티노스 카바피, 벤저민 브리튼 등의 노년 시절과 작품을

탐색한다. 그의 유작 『말년의 양식에 관하여』는 이렇게 탄생한
다. 그리고 말년성의 특징을 갖는 예술가들은 모두 '화해하지
않는다'는 공통점을 보인다고 결론 내린다.

> 말년의 양식은 예술이 자신의 권리를 포기하지 않고 현실
> 에 저항할 때 생겨난다. 말년의 양식은 달콤한 열매가 아니
> 라 찌들어 있고 쓴맛에 가시투성이다.
>
> — 에드워드 W. 사이드, 『말년의 양식에 관하여』

사이드가 관심을 가진 것은 노년의 특징으로서의 순응과 타
협이 아니라, 이들 연구 대상들에게 나타나는 비타협성과 균열
과 모순의 적나라한 드러냄이다. 사이드는 투박하고 거칠었으
되 개성적이었던 거장들의 말년과 작품을 증거로서 제시한다.
슈트라우스는 나치 독일의 야만성 속에서도 하이든과 모차
르트와 같은 선조들의 음악 전통을 지킨 수호자가 되고, 베토
벤의 말년 작품은 망명의 형식을 취함으로써 결국 그러한 사회
저항적 작품들이 현대음악이 시도하는 새로움의 전범典範 역할
을 하고 있다고 주장한다. 다소 경박하고 속물적이라는 비난을
동시대 일부 예술가들에게 받았던 모차르트는 애인들을 속여

사랑을 실험하는 오페라 「코지 판 투테」를 통해 세속의 사람들이 엄숙하게 믿고 있는 정절, 순결, 사랑의 진실성 등과 같은 것에 감춰진 위선을 더 노골적이고 당당하게 조롱하며, 글렌 굴드는 '피아니스트는 이러이러해야 한다'는 규칙과 곡에 대한 해석의 강박을 벗어던지면서 바흐 곡에 대한 연주 자체를 작곡 행위로 승화시킨 예술가가 된다.

저항과 변화는 청춘 시절의 몫이라며, 나이가 들어서는 순리라는 이름으로 환경에 순응하고 조용히 죽어지내는 것이 잘 늙는 것이라는 우리의 통념을 이들 예술가들은 거부했다. 최고의 작품은 눈 밝고 다리 튼튼한 젊은 전성기 시절에 나오는 것이라는 일반적인 예측도 따르지 않았다. 그저 꾸준하게 앞으로 나아갔고, 현실과 타협할 필요가 없는 말년에 이르러, 진정 하고 싶은 것들을 폭발시켰다.

2.

죽으면 다 끝이 아닌가, 라는 생각을 꽤 오랫동안 했다. 모든 것은 산 자들의 잔치, 살면서 쌓은 부와 권력과 명예와 사랑, 그

반대의 욕됨과 추함, 삿됨과 미움 역시 죽으면 다 안개처럼 사라지는 것이라고 여겼다. 나를 화장하든, 무덤을 만들든, 그런 것 역시 죽은 나에게는 아무런 관심거리가 아닐 터였다. 다만 살아 인연을 맺은 내 가족들이 조금 덜 힘들도록, 그들을 피보험자로 한 보험료를 꼬박꼬박 낼 뿐이었다. 내 죽음 이후에 이 세상이 어떻게 되든, 지구가 망하든 흥하든 관심이 없었다는 말이다.

그런데 마흔을 넘긴 어느 지점에서, 느닷없이, '그런데 나는 왜 태어난 것이지?'라는 실존의 물음표가 스스로에게 던져졌다. 그 질문은 사춘기 때와는 또 다른, 내가 살아가는 이유에 대한 일종의 작은 소명이라도 있어야 한다는 삶에 대한 자기 의미 찾기였다.

그 여정에서, 죽음이 끝이 아닐 수도 있겠다는 자각이 생겼다. 내 육신은 사라지더라도 내가 살아온 삶의 가치와 향기와 흔적은 영원히 남는 것이라는 생각을 했다. 누군가 그것을 알아주든, 기억하든 상관없이 말이다. 당연히 죽은 내가 그러한 것들과 무관하게 흙이 되어 있다 하더라도 말이다. 내가 인지하지 못한다고 해도, 존재하는 것은 존재하는 것이다. 바람으로든, 공기로든, 미세한 원소로든, 나는 그냥 나로서 남아 있을 것이다. 내가 이곳 지구의 한 지점에서 숨을 쉬었다는 그 엄연한 사실과 함께 말이다.

그런 마음이 들자, '어떻게 늙고 어떻게 죽을 것인가?'를 더 자주 생각하게 되었다. '존엄', '품격', '봉사' 등의 열쇳말들이 떠올랐다. 본의가 아니더라도 음식 쓰레기나 만들고 환경 파괴만 하다 끝나는 삶이 아니라, 나의 삶이 누군가에게 조금이라도 도움이 되고, 존엄과 품격을 지키며 살다가 고통 없이 죽는 것처럼 최고의 가치는 없을 것이라고 생각의 매듭이 지어졌다. 늘 주변을 깔끔하게 하면서, 남의 손을 타지 않고, 관계에 있어서도 성숙하고 우아할 수 있다면 얼마나 최상일까? 그리고 책을 읽다가 졸음이 쏟아져서 눈을 감은 것이, 천명을 다하는 마지막이라고 한다면 이것처럼 지복이 어디 있을까?

운전하며 산책하며 차를 마시며, 문득문득 그런 사색을 취미처럼 했다. 나이가 들면 사람들이 종교에 더 집중한다고 하는데, 그 이유 역시 신의 존재를 믿든 믿지 않든, 품위 있는 삶을 살고 싶은 사람들의 자연스런 태도라는 생각도 들었다. 그러나 바라보는 곳과 닿고 있는 땅은 엄연히 다른 것이어서, 지지고 볶고 다투고 분노하고 질투하고 갈망하고 먹고 사는 것으로 한숨 쉬는 사이 봄이 가고 여름이 가고 새로운 가을과 겨울을 속절없이 맞이하며 조금씩 더 늙어가고 있다. 그다지 우아하지 않은 모습으로.

그러나 가야 할 지점을 알고 나니 '존엄과 품격을 지키는 말년'을 위해 구체적인 양식을 어떻게 설계해야 할지도 좀 더 선명해 보인다. 마치 자기계발서에서 나오는 방식처럼, 나의 말년의 양식을 위해 10개의 자기 수칙을 정리했다.

3.

① '무엇을 할 것인가'보다 '무엇을 하지 않을 것인가'를 먼저 구상하라

추가하기 전에 지워야 한다. 매년 새로운 계획을 세우고, 버킷 리스트를 만들어갈 때, 그것보다 중요한 것은 하지 말아야 할 것을 정하는 일이다. 비우지 않고 쌓기만 할 때, 모든 계획은 현실성이 없어진다. 뭔가를 하기 위해서는 물리적인 시간과 환경을 먼저 확보해야 한다. 예를 든다면, '술 끊고 피아노 배우기', '자가용 출근 끊고 세계문학 전집 읽기'와 같은 방식이다.

② SNS를 끊어라

내 사생활을 타인에게 보이는 것도, 타인의 일기장을 보기 위해 내 시력과 시간을 소모하는 것도 의미가 없다. 몇 년의 SNS 경험상, 과연 무엇이 남았는가를 생각해보면 혼자 있을 때 의미 없이 휴대전화를 만지는 습관만 갖게 된 듯하다. 정보를 위해 유용하게 사용할 것이라면 최소한이면 된다. 차라리 그 시간에 좋은 단편소설 하나씩을 읽어라.

③ 버텨라

앞이 보이지 않는 절망일 때도 어찌됐든 하루는 갔고 내일이 왔고 또 새로운 일들이 생겼다. 관계가 틀어지고 세상사 내 마음대로 되지 않을 때, 우선은 버텨라. 버티다 보면, 저절로 해결되기도 했던 것이 인생이지 않았는가.

④ 자존감이 떨어지면 이름 석 자를 세 번 외쳐라

더 힘든 일도 많았다. 그것을 다 이기고 오늘 살아 있다는 것으로, 세상에 당당할 근거는 충분하다. 몇 그램의 뇌와 몇 십 킬로그램의 몸을 쟁기로 이만큼 세월을 다져왔고 정직하게 노동했다. 그것으로 자존감을 지킬 명분은 충분하다.

⑤ 컨디션을 떨어뜨리지 마라

과음, 과로, 무엇이든 과한 후에 우울증이 온다. 몸을 조심스럽게 다루고 겁을 내야 할 시기다. 조금 더 할 수 있다고 생각할 때, 멈춰라.

⑥ 명상하고 기도하라

하루 30분이라도 명상하고 기도하라. 에너지는 그 귀한 습관에서 생길 것이다. 매일 아이 같은 아침을 맞이하는 비결이다. 숨을 쉬는 그것만이 유일한 실체임을 생각하라. 과거와 미래는 모두 허상이다. 자극 즉시 반응하지 말고 공간으로 들어가라. 그 공간 이후에 균형 있게 말하고 행동하라.

⑦ 말수를 줄여라

단체 채팅방에서도 대화의 주도권은 후배들에게 양보하고, 술자리에서도 조근조근하게 말하고 많이 들어라. 지켜보니, 말 많은 늙음처럼 추하고 무용한 것도 없다.

⑧ 성격대로 살아라

할 말을 해야 한다면 하라. 참아서 생기는 속병보다는 해서 생기는 관계의 단절이 오히려 건강하다. 이어질 관계라면 해야 할 말이 그 관계를 끊어버리는 경우는 없다. 나이가 든다는 것은 상식에서 침묵하고 비상식에서 시비를 따지는 것이다. 정의 앞에서는 공분하라고 말을 배우고 글을 배웠다.

⑨ 기대하지 마라

자식에게 기대하지 마라. 가족에게 기대하지 마라. 사람에게 기대하지 마라. 다만 해줄 것이 있다면 해주고, 줄 수 있는 능력이 되면 주면 된다. 가부장으로서의 기득권, 부모로서의 권위, 연장자로서의 특권 따위는 마음을 지옥에 빠뜨리는 마귀들임을 잊지 마라. 아름다운 관계의 거리감만 유지하라.

⑩ 잘 쓰여라

이웃을 위해, 이 땅에 더 오래 살 누군가를 위해, 더 힘없는 사람들을 위해, 이제는 남은 힘을 쓸 때다. 재능이라고 불리는 것이 있다면, 그들을 위해 대가 없이 쓰는 것을 아끼지 마라. 이 세상에 온 이유가 내 뱃속을 따뜻하게 하기 위한 것만이었다면, 인생은 얼마나 의미 없이 고단하고 허무한 것이겠는가.

4.

천재들은 시간이 만든 질서에서 어느 정도는 비켜가며, 나이 먹으면 이러저러할 것이라는 세속의 시의성을 지키지 않고 자신들의 말년을 세기의 작품으로 완성했다. 내가 노안 이후 만난 치유의 문장들도 한결같이 이야기한다.

"당신의 고유성을 잃지 말라. 그러기 위해 그 고유성을 늘 점검하고 전복했다 다시 다지고 또 해체하라."라고.

말년의 양식으로 가는 길은 반지 로드처럼 흥미롭고 설레며 역동적이다. 쉼 없이 벌과 나비가 윙윙거리고 서리와 햇살이 교차하며 소똥과 자갈길도 나왔다가 품 넓은 나무 아래 드러누워 단잠 한숨 잘 수 있는 곳. 인생이란 이름의 꽃길이다.

참고문헌

『가족이라는 병』 시모주 아키코, 김난주 옮김, 살림출판사, 2015

『국화와 칼』 루스 베네딕트, 김윤식·오인석 옮김, 을유문화사, 2008

『금각사』 미시마 유키오, 허호 옮김, 웅진지식하우스, 2002

『김대식의 인간 vs 기계』 김대식, 동아시아, 2016

『깨달음과 역사』 현웅, 불광출판사, 2016

『나는 가해자의 엄마입니다』 수 클리볼드, 홍한별 옮김, 반비, 2016

『나는 여기가 좋다』 한창훈, 문학동네, 2009

『나미야 잡화점의 기적』 히가시노 게이고, 양윤옥 옮김, 현대문학, 2012

『나쁜 페미니스트』 록산 게이, 노지양 옮김, 사이행성, 2016

『나의 문화유산답사기 일본편 4-교토의 명소』 유홍준, 창비, 2014

『남자의 탄생』전인권, 푸른숲, 2003

『내 마음이 지옥일 때』이명수, 해냄, 2017

『너의 내면을 검색하라』차드 멍 탄, 권오열 옮김, 알키, 2012

『눈길』이청준, 문학과지성사, 1997

『대성당』레이먼드 카버, 김연수 옮김, 문학동네, 2007

『말년의 양식에 관하여』에드워드 W. 사이드, 장호연 옮김, 마티, 2012

『무진기행』김승옥, 민음사, 2007

『밤이 선생이다』황현산, 난다, 2013

『색채가 없는 다자키 쓰쿠루와 그가 순례를 떠난 해』무라카미 하루키,
　양억관 옮김, 민음사, 2013

『생존자』테렌스 데 프레, 차미례 옮김, 서해문집, 2010

『설국』가와바타 야스나리, 유숙자 옮김, 민음사, 2002

『속죄』이언 매큐언, 한정아 옮김, 문학동네, 2003

『숨결이 나를 이끌고 갔다』이필형, 경향신문사, 2016

『숨결이 바람 될 때』폴 칼라니티, 이종인 옮김, 흐름출판, 2016

『슬픔이 없는 십오 초』심보선, 문학과지성사, 2008

『시를 어루만지다』김사인, 도서출판비, 2013

『신화의 힘』조셉 캠벨·빌 모이어스, 이윤기 옮김, 21세기북스, 2017

『싯다르타』헤르만 헤세, 박병덕 옮김, 민음사, 2002

『싸울 때마다 투명해진다』 은유, 서해문집, 2016

『아주 작은 차이』 알리스 슈바르처, 김재희 옮김, 이프, 2001

『안나 카레니나』 레프 톨스토이, 연진희 옮김, 민음사, 2009

『언어의 온도』 이기주, 말글터, 2016

『에브리맨』 필립 로스, 정영목 옮김, 문학동네, 2009

『예감은 틀리지 않는다』 줄리언 반스, 최세희 옮김, 다산책방, 2012

『우리가 사랑한 빵집 성심당』 김태훈, 남해의봄날, 2016

『우리는 언젠가 죽는다』 데이비드 실즈, 김명남 옮김, 문학동네, 2010

『위대한 개츠비』 F. 스콧 피츠제럴드, 김영하 옮김, 문학동네, 2009

『이 시대의 사랑』 최승자, 문학과지성사, 1981

『이방인』 알베르 카뮈, 김화영 옮김, 민음사, 2011

『자기 앞의 생』 에밀 아자르, 용경식 옮김, 문학동네, 2015

『정확한 사랑의 실험』 신형철, 마음산책, 2014

『죽음의 수용소에서』 빅터 프랭클, 이시형 옮김, 청아출판사, 2005

『채식주의자』 한강, 창비, 2007

『축소지향의 일본인』 이어령, 문학사상사, 2002

『카프카 단편집』 프란츠 카프카, 권혁준 옮김, 지식을만드는지식, 2013

『칼의 노래』 김훈, 문학동네, 2012

『타인의 고통』 수전 손택, 이재원 옮김, 이후, 2004

『필경사 바틀비』 허먼 멜빌 외, 한기욱 엮고 옮김, 창비, 2010

『행복한 책 읽기』, 김현, 문학과지성사, 1992

『홍합』 한창훈, 한겨레출판, 1998

『황동규 시전집 1』 황동규, 문학과지성사, 1998

내일 일은 여전히 잘 모르겠지만

초판 1쇄 인쇄 2019년 1월 20일 **초판 1쇄 발행** 2019년 1월 30일

지은이 윤용인 **펴낸이** 연준혁

출판 2본부 이사 이진영
출판 7분사 분사장 최유연
편집 최유연 **디자인** 하은혜

펴낸곳 (주)위즈덤하우스 미디어그룹 **출판등록** 2000년 5월 23일 제13-1071호
주소 경기도 고양시 일산동구 정발산로 43-20 센트럴프라자 6층
전화 031)936-4000 **팩스** 031)903-3893 **홈페이지** www.wisdomhouse.co.kr

ⓒ 윤용인, 2019

값 14,000원
ISBN) 979-11-89709-61-7 03810